Je crois que chaque génération
nouvelle arrive chargée d'un
message et qu'elle le doit délivrer.

SPRING 野

更具体地生长

All This Wild Hope

最大的幸福就是爱上一个人，
其次就是向爱人坦承你的爱。

我书写，
是为了让别人指控我。

André Gide
1869—1951

Et nunc
manet in te
遣悲怀

suivi de

Journal intime

André Gide

［法］安德烈·纪德　著

徐丽松　译

GUANGXI NORMAL UNIVERSITY PRESS

广西师范大学出版社

·桂林·

图书在版编目（CIP）数据

　　遣悲怀/（法）安德烈·纪德著；徐丽松译.
桂林：广西师范大学出版社，2025.4（2025.6重
印）.——（纪德人生三部曲）.—— ISBN 978-7-
5598-7847-2

　　I.I565.45

　　中国国家版本馆CIP数据核字第2025DE0433号

QIAN BEI HUAI
遣悲怀

作　　者：（法）安德烈·纪德
责任编辑：彭　琳
特约编辑：赵　晴　王一婷
装帧设计：汐　和　at　compus　studio
内文制作：陆　靓

广西师范大学出版社出版发行

　广西桂林市五里店路9号　邮政编码：541004
　　网址：www.bbtpress.com
出版人：黄轩庄
全国新华书店经销
发行热线：010-64284815
北京启航东方印刷有限公司印刷
开本：889mm×1260mm　　1/64
印张：7.125　　　　字数：172千
2025年4月第1版　　2025年6月第4次印刷
定价：64.00元

如发现印装质量问题，影响阅读，请与出版社发行部门联系调换。

目 录

TABLE DES MATIÈRES

Et nunc manet in te

suivi

de

Journal intime

遣 悲 怀

——就此长存你心 [1]

Et nunc manet in te

（1951）

---

[1] 语出《小飞虫》，古罗马诗人维吉尔作品集《维吉尔补编》中的第一篇诗歌，内容描述一名牧羊人在树下午睡时，一条蛇朝他爬来，这时一只小飞虫忽然停在他的眼睛上，牧羊人醒来伸手将它打死，同时惊见正准备咬他的蛇，于是及时把蛇杀死。牧羊人感念小飞虫救命之恩，为其盖了一座墓，小飞虫"就此长存你心"（et nunc manet in te）。此句被纪德用作法语原书名。——若非特殊说明，本书注释均为译者注

如果我们之间的爱在它的所有组成元素都已支离破碎之后仍然存在，那么，它到底是由什么构成的？那沧桑的表象下到底藏了什么，使我在走过一场破坏以后，还能寻回完璧？那种非物质的、和谐的、光芒四射的东西——似乎应该称之为灵魂，但这个词又有什么意义呢？

昨天晚上我想着她，和她说话，就像我过去常做的那样，而且在想象中比现实里当着她的面更轻松自在；然后，我倏地想到：她已经不在人间了啊……

的确，我经常会去离她很远的地方，一走就是许多天。但自打孩提时代开始，我就养成了向她报告一天收获的习惯，并在心中将她与我的悲伤和喜悦联系在一起。昨晚我就是这么做的，但忽然想起，她已经死了。

一切骤然失去了颜色，变得暗淡无光，无论是近来我对一段远离她的时光所做的回想，还是此时此刻的回忆；因为我在思绪中重新经历那些事，都是为了她。我立刻明白，失去她以后，我的存在也变得虚无，再也不知道自己为什么而活。

*

我不太喜欢"艾玛纽埃尔"这个名字，为

了尊重她的谦虚，我在作品中给她取了这个名字。她真正的名字之所以令我欢喜，可能只是因为从小到大，她在我心目中一直召唤出优雅、温柔、聪慧和善良的形象。这个名字被别人使用时，我会觉得它仿佛被篡夺了；在我看来，唯独她有权使用这个名字。当我为我的《窄门》创造出"阿莉莎"这个名字时，并非是出于矫情，而是为了保留。阿莉莎只能有一个。

可我书里的阿莉莎并不是她。我描绘的不是她。她只是我构思女主角时的出发点，我不认为她曾在其中认出多少自己的身影。她从没和我谈过那本书，因此，我只能推测她读它时可能有过的思索。那些思索对我而言一直带着悲痛的色彩，就像一切源自她内心的那股深沉哀愁的东西；我是在很久之后才开始揣度出那种哀愁的，因为她那极为含蓄的性格一直阻止她将其显露、表达出来。

我为我的书设想出来的情节无论再怎么美，难道不是在向她证明，我对现实的戏剧性一直视而不见吗？想必她感觉自己比阿莉莎简单得多，比她正常、平凡[1]得多（我的意思是，比较不像高乃依[2]描绘的女性角色，不那么紧绷）？因为她无时无刻不在怀疑自己，怀疑自己的美貌、优点，怀疑一切使她如此光彩照人、如此珍贵的事物。我想，我是在后来的岁月里才更加理解她的，但在我爱意最强烈的时候，对她的误解又何其深重！因为我的爱所带来的意义，并非在于接近她，而是在于设法接近我所创造的那个理想人物。至少这是我现在的感觉，而且我不认为但丁对贝雅特丽齐[3]做的事与此有何不同。她已不在人世的此刻，我之所以企图重新找到、追溯她的往昔，那也是——特别是——出于一种做出补偿的需求。我不想让阿莉莎的

---

[1] 原文中的斜体表强调，后同。

[2] 皮埃尔·高乃依（Pierre Corneille），法国古典主义悲剧代表作家，与莫里哀、拉辛并称法国古典戏剧三杰。

[3] 贝雅特丽齐（Beatrice），意大利文艺复兴时期诗人但丁在许多诗作中描绘过的重要女性人物，她是幸福和爱的化身，引导但丁创作的缪斯。

幽灵遮蔽她真实的自我。

*

玛德莱娜坚持不让我到她妹妹的临终病床前见她最后一面。我从塞内加尔回来后得知，瓦伦丁在经历了两个月的可怕折磨后，终于得到了她唯一能指望的安宁。我本想立刻赶往她家吊唁，两位外甥女在那里等着我，但玛德莱娜先是发了电报，然后又打电话，求我别去："恳切拜托你，在和我见面以前不要回埃普龙街。"巴黎还没有任何人知道我回来的消息，我在那儿没别的事，于是，我赶忙搭上了第一班开往屈韦维尔[1]的火车。我问她为什么那样坚持，她

[1] 屈韦维尔（Cuverville）位于上诺曼底地区、塞纳河出海口北侧附近。纪德的妻子玛德莱娜继承了此地的一座城堡庄园；玛德莱娜从 1900 年至 1938 年过世前主要定居在此，纪德也经常到这里居住创作。今日，这座庄园已被列为当地最重要的文化资产。

说："一想到你会看到瓦伦丁的面孔，我就觉得很痛苦，因为死前的挣扎已经让它完全走样。有人告诉我，她变得面目全非。我不希望你对她有这样的记忆。"在那个时刻，我意识到她面对任何痛苦的景象都会本能地退缩。但在我眼里，她给我的理由只对她自己有效。出于同情，我可以理解，但无法赞同。罢了。当我突然接到她去世的消息，再度回到屈韦维尔，正准备推开她小房间的那扇门时，我想起了一个月前她对我说过的话。我在奇特雷的伊冯娜·德·莱斯特朗热[1]那里逗留了一阵——是她开车载我回屈韦维尔的，她把我送到后就走了。没错，玛德莱娜的冰冷遗体就在那里，而就在我要打开那扇门时，我迟疑了一下，心想她是不是也会对我说同样的话："别来见我最后一面。"我又想，

[1] 伊冯娜·德·莱斯特朗热（Yvonne de Lestrange），一位喜爱文艺的公爵夫人，经常在法国中西部希雷昂蒙特勒伊的奇特雷城堡举办文学沙龙。

由于她没经历所谓临终前的痛苦挣扎，我看到的她应该和两周前我离开她时差不多，只不过因死亡而变得寂静罢了。

*

当我走近她安息的床时，我为她脸庞所呈现出的严肃感到惊诧。她的优雅和温柔赋予了她那么光芒四射的力量，但那些特质仿佛只停驻于她的眼神中。由于她的双眼已经阖上，现在，她五官的线条中除了肃穆，没留下其他东西；因此，望向她的最后那一眼只是向我展露，她在生前必然早已对我的生活做出了严厉的评判——全然不是她那种难以言喻的柔情。

她温和地责备密友阿涅丝·科波[1]喜欢纵

---

[1] 阿涅丝·科波（Agnès Copeau），与纪德同为《新法兰西评论》创办人的雅克·科波（Jacques Copeau）的妻子，两人是纪德夫妇的毕生好友。

容的习性。话说回来，她自己救助穷人时也对他们的缺点和弱点非常纵容。不过，面对那些找不出任何借口解释自己为何沉沦于贫困的人，她却会采取强硬的态度。她那种严厉完全不是出于天性；一旦她认为某个事物是罪恶的，光是不允许它出现在自己身上对她而言还不够（她对罪恶的极端嫌恶使她能够毫不费力地做到这点），她似乎还觉得，假如她不能明确地谴责别人身上的罪恶，就等同于是在鼓励罪恶。她坚决地相信，我们的社会、文化、风俗正在因自满和松懈逐渐解体，但在她所认为的松懈中，她愿意看到的只有软弱，而非自由主义或慷慨。她的善良本质缓和了这一切，如果有些人只见识过她那柔光四射的风度，我在这点上表述的意见恐怕会使他们感到诧异。我遇到过一些坚定的清教徒：她和那些人毫无相似之处。

*

不，这不是我想谈论她的方式，也不是我应该谈论她的方式。许多回忆都与我想描绘的肖像背道而驰。我还是尽可能单纯地回想就好。

由于她从不谈论自己，我完全不知道她最早的记忆是什么。她却存在于我所有的幼时记忆中。回溯到最久远的初始，我看到的是她；除此之外，在我最稚嫩的岁月中，就只有一片黑暗，我只是在其中摸索前行。她之所以开始在我的人生中扮演她的角色，是拜一个悲剧事件所赐，我在《窄门》和《如果种子不死》里都提起过这件事 [1]。当时我们年纪多大？她十四，我十二，应该是这样。我记不清楚了。不过在那以前，我已经能回想起她的微笑，我甚至觉

---

[1] 纪德曾撞见表姐玛德莱娜独自哭泣，原因是她发现母亲与别的男人有染。这个悲剧事件在这对青梅竹马的人生中是一个转折点，纪德曾将其作为一个情节写入《窄门》，后详述于《如果种子不死》。

得，只有对她的爱意将我唤醒时，我才对"存在"这件事有所意识，才真正开始存在。除了源自她的部分以外，我身上的一切仿佛没有任何良善之处。我的童稚之爱跟我最早的宗教热忱融为一体；或者至少是因为她的缘故，那份爱意让某种模仿心理渗进了我的宗教情怀。我似乎也觉得，在我靠近上帝的同时，我也靠近了她，而我喜欢在那种缓慢的升华中感受她和我周遭的土地一同逐渐缩小。

倘若我不曾认识她，又会变成什么样呢？今天的我可以问自己这个问题，但在当时，这个问题并不存在。拜她之赐，我在自己纠缠的思绪间，随处都能找到晶莹闪亮的线索。虽然我在她的思绪中看到的是一片清彻透明，但我必须承认，我的内心充满暗影，只有最好的那部分会与她产生共鸣。当时，我的爱意是如此充沛而强劲，现在看来，那份爱似乎只是更深地分裂了我的本性。我很快就明白，尽管我自以为把自己完全献给了她（那时我多么天真幼稚！），但我对她的崇拜之情并不能消除其他的一切。

我说了这么多，也许有人会问，难道这股如此圣洁的影响力竟完全不足以让我的书写不含杂质吗？我们的表亲奥尔加·卡亚特曾向她表示过这种诧异。玛德莱娜告诉我，她当时是这样回答的："我不认为自己有权利以任何方式影响他的思想，而且如果安德烈因为顾虑我而不遵照他自己的想法去写作，我会怨自己。"我写的书有不少她从没读过，首先是因为她会刻意把目光从令她感到不愉快或难受的事物上移开；但我认为，她也希望留给我更大的创作自由，不必冒着受她责难的风险，也不必害怕会伤害她。

我说了这么多，但我对这一切并不十分肯定。即便是最透明的灵魂，也会留下许多不为人知的褶皱，对爱它的人来说也不例外。无论是评论文章还是辱骂言论，想必都已经给玛德莱娜提供了足够的讯息，让她知道我的一部分创作具有何种性质，即使她从没亲自看过那些作品。她对我小心地掩藏了她可能从中感受到的痛苦。不过，就在不久前，在一封她写给我的信里，有一句话警醒了我，它似乎与我上面所写的内容相矛盾："假使你知道那些文字为我带来了何种悲伤，你就不会写出来了。"（不过，这里所指的文字跟所谓"伦理道德"无关，而是一段乍看之下具有亵渎性质的论述，刚刚刊登在《新法兰西评论》上，而她的目光无意中瞥到了那些词句[1]。）在我看来，她那时似乎是在越俎代庖……我们之间没有多做什么解释。我当作没这回事，而她对我的爱也让她采取了同样的态度。

---

[1] 该段文字可能出自纪德 1937 年 6 月 6 日的日记，他在开头写道："我们无疑有适当理由怀疑，人怎么可能把生命的最后几年奉献给更积极追寻上帝的行动，那不过是一种假象（我真的相信那是假象）……"由于这段文字出现在 1937 年 12 月号《新法兰西评论》首页，读者无须仔细翻阅，也很容易看到。

*

信任是她的天性；对充满爱的灵魂来说皆
是如此。但她与生俱来的这份信任很快就被恐
惧所渗透。因为，对于一切不纯真的事物，她
都拥有一种独特的洞察力。凭借某种幽微的直
觉，任何微小的语气转折或肢体动作都足以使
她产生警觉。正因如此，她在年纪尚小的时候
就察觉到了母亲不检点的行为，她是全家第一
个发现这件事的。我相信，这个她长久深埋于
心的秘密对她造成了终生的影响。她这辈子就
像个受惊的小孩。唉！可惜我天生没有让她安
心的能力……我在那张已经泛黄模糊的小照片
上看到了她那年纪的模样，她的脸庞、她眉宇
间那种奇异的闪烁神色，无不在她跨越生命的
门槛之际吐露出某种质疑、忧虑，以及充满惧
怕的讶异之情。而当时的我感受到的是何等的
喜悦！仿佛一股洪流喷涌而出、恣意泛滥，淹
没了她的哀伤。我为自己设下这个任务，我沉

迷于这个任务。唉！我本以为能与她共享的这份狂喜，好像只是让她更加不安。那时，她似乎在对我说："可我的幸福并不需要这些！"

"我最大的喜悦都归功于你。"她曾这样告诉我。然后，她又低声补上一句："我最大的悲伤也是，最甜美和最酸楚的都是。"

可是，当今日我回顾我们共同的过去时，我觉得她忍受的痛苦似乎远超其他一切；有些痛苦是如此残酷，以至于我无法理解，既然当初我那么爱她，为何无法多给她一些保护？但这里面还有一个因素，那就是我太盲目、太不自知，这些成分都掺进了我对她的爱意中……

*

今天，我对当时自己的那种错乱感到讶异，当时的我以为，我对她的爱越是虚无缥缈，就越是配得上她——我一直保持着这种天真的心态，从不自问她是否满足于这种完全不含肉体

成分的爱。因此，我并不担心自己的肉体欲望
会指向其他客体。我甚至会安慰自己说，这样
反而更好。那时我以为，欲望是男人的专属特质，
我不承认女人也会感受到类似的欲望，或者说，
只有那些"生活不检点"的女人才会有这种欲
望——这种想法让我心安理得。当时，我的脑
筋确实糊涂到这种地步，我必须承认自己荒唐
透顶，而这只有一种解释或借口，那就是生活
一直让我处于无知的状态。它只为我展现过一
些出类拔萃的女性榜样，由她们无微不至地守
护我的童年：首先是我的母亲，然后是沙克尔
顿小姐[1]、我的姨妈克莱尔和舅妈露西尔，这些
女人都是端庄、正直、含蓄的典范，在我看来，
无论多么微小的肉体搅扰，似乎都会构成一种
不敬。至于我的另一位舅妈，也就是玛德莱娜

---

[1] 安娜·沙克尔顿（Anna Shackleton），来自苏格兰，于1850
年进入纪德的外祖父母家担任家庭教师，于纪德母亲朱丽叶
十七岁时开始教导她，此后成为朱丽叶的毕生挚友。

的母亲，她因为出轨，很早就名誉扫地，被排除在家族之外，也远离了我们的视野、我们的思绪。玛德莱娜从不提她的事，而且据我所知，她对她母亲毫不宽容。这不只是出于她耿直性格的一种本能抗议，我想还有很大一部分原因在于她所敬仰的父亲在那件事上所承受的伤害。她那种责难之情更加深了我的蒙昧。

*

一直要到很久以后，我才开始明白，我多么残酷地伤害、摧残了这个我愿意为之献出生命的女人——而且到那个时候，最深沉的伤害、最具破坏力的打击，早已在毫无自觉的残暴中施加给她了。说老实话，我这个人只能通过与她冲突获得发展。当时的我对此已略有所感，但我不知道的是，她真的很脆弱。我想要她快乐，这是真的。但我从未考虑过这一点：我想引导她、强迫她进入的那种快乐对她而言一直是无法忍受的。在我眼中，她整个人都是心灵的化身，身体又是那么纤弱，我不觉得不让她得到我的一部分是对她多大的剥夺，况且正因为那一部分是我无法给予的，我就更不觉得那有何重要……我们之间从不曾尝试沟通解释。她从未有所抱怨；有的只是一种沉默不语的认命和从未言明的失意。

随后我将描述她后来是用什么办法，通过多么奇异的迂回方式，才得以让我遭受可怕的痛苦；还有，当痛苦变得无以忍受时，她和我是如何通过竭力疏远彼此、摆脱对对方的依恋，才得以承受那种不适（我想表达的是这个字眼最强烈的意义）……然后，到了最后那段日子，我俩终于找到了避风港，在那里觅得我们几乎已经不再期盼的和谐。

当然我会想（而且是怀着巨大的愧疚），她应该很想成为一名母亲，但我又会想，在孩子的教育问题上，我们一定会意见不合，况且对她而言，其他的忧愁、其他的挫折会像勒索赎金一样在成为母亲之后接踵而至（我不免会下这样的评断，因为我见过她把心中那份母爱转移到她妹妹的孩子身上以后，变得多么杞人忧天）。也罢！那种烦忧不过是人之常情。我仍然为扭曲了她的命运而感到愧疚[1]。

恐怕她无法理解的是，我的爱所含的精神力量抑制了一切肉体欲望。况且，我确实证明了我并非无法表现那种冲动（我是指生殖的冲动），但条件是其中不带有任何精神或情感的成分。可是，我怎么可能让她承认这点呢？想必她怀着谦卑的心情将我那种缺乏欲望的状态归咎于自己魅力不足。她是如此善于、急于贬低自己：唉！要是我长得更漂亮，更懂得怎么

---

[1] 在此我要叙述一段回忆，它那种幽微的性质在我眼里格外具有揭示性，无论对她或对我而言，仿佛都在诉说着我们隐秘、无意识的动机：我刚写完几页《背德者》就念给她听，念到"马塞利娜向我招认她怀孕了"时，她打断了我，然后露出带着一丝揶揄的温柔笑意："亲爱的，那称不上是招认吧？"她对我说，"顶多是透露一个秘密；做了该受人指摘的事才需要招认，在这里用'对我透露'才恰当。"——作者注

把他迷住，那就好了！想必她是这样告诉自己
的……这事想来令我难受。但当时的情况还可
能不一样吗？至少在她对我的本能取向还无法
确定时，一切也只能如此。否则，要我怎么说
服她：除她以外，我不可能迷恋上任何一个女
人的面孔、神采、笑靥、姿态、语调、气质？
既然如此，为何还要费力向她证明这件事呢？

我提到过，那个年纪的我在性方面惊人地
无知，可我自己的天性——我指的是我欲望的
本质——却隐隐令我感到不安。订婚前不久，
我下定决心找医生开诚布公地讨论这件事，对
方是一位颇有名气的专家，但我去找他真是有
欠考虑。我尽可能不顾面子地向他巨细靡遗地
坦白了一切，他面带微笑地听我说完，然后说：
"你说，即使如此，你还是喜欢上了一个女孩
子，因为你知道自己的癖好，所以犹豫该不该
娶她……你们就结婚吧。不必害怕，结婚就对了。
你很快就会发现，其他一切都只存在于你的想

象之中。你就像一个饥肠辘辘的人，直到现在还想靠腌菜充饥。（我是一字不改地引述他当时说的话；老天，我记得可清楚了！）所谓自然本能，只要你结了婚，马上就会明白那是怎么一回事，三两下你就恢复正常了。"

我很快就明白的是，这位理论家真是错到极点了。他搞错的方式跟许多人一样，他们都偏执地认为，除非对同性的偏爱出现在生理不正常的人身上，否则那就只是一种后天习得的倾向，通过教育、滥交和爱情就能改变。

在此，我必须补充我在《如果种子不死》中省略掉的一点，它具有相当的重要性，足以反驳某些理论。那些理论主张，性偏好取决于人在本能尚未定型，还在犹豫、摸索的童年时期所经历的一些情境。我小时候，至少是在暑假期间，身边总有一些年纪相仿或稍微小些的孩子，我跟那些男生虽然经常一块胡闹，但从不会逾越到腰带以下；跟女孩子我反而会放任自己胡作非为。没错，我对男生一直相当矜持；我相信，一位足够有洞察力的心理学家可以据此看出我的性倾向。同样，我在男人面前也会过度拘谨，因此，当我的母亲听从医生的建议，决定带我去洗淋浴时（当时我应该顶多十二岁），光是想到要赤身裸体地站在淋浴间的服务员面前，我就开始担心得浑身不舒服。假使淋浴是由女人服务的，我会毫不犹豫地接受。

诚然，爱情令我激昂，不过爱情完全没有像医生所预言的那样，通过婚姻将我的欲望导向"正常化"。它顶多只是让我保持贞洁，但这种努力代价高昂，只是把我撕裂得更严重。心灵和感官从相反的方向同时拉扯我。

*

一九三九年　二月八日　卢克索 [1]

我重新打开这本笔记，它已经遭我遗弃好几个月了。她不在人间以后，我对活着也不再有太大兴趣。我已然属于过去。某些人乐于提起这件事，但我怀疑，我这样透过纸笔试图重现那个陪伴我一生的身影，会不会反而违背了她的意愿。因为她总是退缩，避免引人注意。旁人从不曾听她说："我呀……"她的谦逊就像其他女人想要突显自己、散发光彩一样自然。甚至有一次，当我远行归来，其他家庭成员在屈韦维尔的门廊上迎接我时，我知道她会让自己略略退缩到玄关的阴影中；我想到科利奥兰

---

[1] 卢克索（Louqsor），埃及南部尼罗河畔古都。纪德夫人于1938 年 4 月过世，1939 年 1 月底，纪德为伽利玛出版社修改完《纪德日记：一八八九年至一九三九年》的校样以后，独自前往埃及旅行。他在那部作品的最后一页写道："5 月以前没有任何事召唤我到巴黎。我在这里拥有过去从未有过的空闲；吓人的空闲——我还有办法'勉强活着'吗？"

纳斯归乡的情景，想着他对维吉利娅说的那句
"沉默的可人儿，我向你致意！[1]"当玛德莱娜
在我将要描述的悲剧性景况中烧毁所有我给她
写过的信时，那必定是一种绝望的姿态，为的
是将我抽离出她的人生，但同时也是为了躲避
来日的关注，出于自我隐遁的渴望。

也许有人会认为，那样的退缩，是她眼里
我生活中那一切值得非难的事所激起的。当然，
她可能发现的事，或可能有过的直觉，都会加
强那种退缩的倾向。但在我的记忆中，那种退
缩一直存在；它是持续的、自然的……或者，
也许是她童年时期最初的恐惧，那与罪恶第一
次接触所造成的伤痛，在她那么纤细易感的心
灵中，必然留下了无法磨灭的创伤。而且，早
在我们结婚以前，在我最初的那几本书里，我

---

[1] 此处原文为英语："My gracious silence, hail!"典出莎士比亚
历史悲剧《科利奥兰纳斯》第二幕第一场，罗马共和国的英
雄科利奥兰纳斯凯旋归乡，见妻子默默无语，于是说："沉
默的可人儿，我向你致意！／你见我凯旋却低泣／若我入棺
被抬回，是否你将笑吟吟？"

就已经这样描绘过她了：《安德烈·瓦尔特笔记》中的艾玛纽埃尔、《乌连之旅》中的艾莉丝，直到《帕吕德》中那个虚无缥缈的安热勒，这一路写来，我一直多多少少都以她为灵感……而且，在我的梦中，她总是以一个遥不可及、难以捉摸的形象出现在我面前，然后迷梦就变成了噩梦。这就是为什么我在还很年轻的时候，就决心要冲破她的缄默，把她引至无尽的丰盈和喜悦中。我的误解就是这样开始的。

那是双重的误解。因为从那时起，她对我的误解甚至比我对她的误解更深。由于她的个性无比谨慎、矜持，凡事我都得靠猜，而有时我猜得糟糕透顶。假如当初我对她足够关心，有许多细微迹象应该可以让我察觉到一些事；我是很久以后才明白那些事的，太久以后了，而她一直任由我误解，因为不管发生什么可能冒犯或伤害她的事，她都从不回避和闪躲。可是，就算我能早点明白，我的行为会有什么巨大的改变吗？那得改变我的本性才行，得要能改变它才行。

　　自然，在我们交往之初，她就对我产生了误解；但我现在相信，她那份误解所持续的时间比我起初以为的要短得多。在情欲方面，她从我这边获取的证据是那么少，她怎么可能不从一开始就心生怀疑？在明白并承认我的情欲是往他处投射以前，她曾天真地为我居然写出了《地粮》而感到诧异，当时她说那本书与我几乎没有相似之处。然而，当我们离开恩加丁前往意大利度蜜月时，载我们南下的汽车每经过一处村庄，就会被一群当地的"小伙子[1]"簇拥护送，那时她就已经讶异于我的兴奋。在她的脑海中，她会无可避免地针对这些事产生某些联想，无论那可能对她造成多大的不快和伤害，与一切既有认知产生多大的反差，对所有她赖以生存的准则带来多大的颠覆。她感觉自己被撇开，被排除在游戏之外；她无疑受丈夫喜爱，

---

[1]　原文为意大利语"ragazzi"。——编者注

但那种爱是多么的不完整！她没有立刻承认自己被击败。什么！她的矜持性情允许她对我施展的些许魅惑，难道都注定徒劳无功，得不到任何回响、反应？……我带着痛苦的心情，回顾那趟旅行的各个阶段——

在佛罗伦萨，我们一起四处参观教堂和博物馆；可在罗马，我忽然被一群来自撒拉齐内斯科的年轻男模特儿迷住，他们当时正在西班牙广场的台阶上提供服务，于是我心甘情愿地连续好几个小时抛下她（我完全搞不懂自己何以那般糊涂），也不知道她是怎么打发那些时间的，想必是茫然地在市区流连；与此同时，我打着帮他们拍照的名义，请那些模特儿上楼到我们在巴尔贝里尼广场租住的小公寓里。她知道这件事；我并未对她隐瞒，而且就算我没说，我们那位爱管闲事的女房东也会自告奋勇地告诉她。不过，最荒唐的是，为了设法帮我的秘密活动找到乍看有理的借口，或说某种正当的理由，我把我拍的一些"学术性质"的照片拿给她看；主要是一开始拍的那些完全失败的照片。照片拍得比较成功以后，我就不再让她看了；她自己倒也没兴趣看，而且对于我向她说的那些促使我聘用他们的艺术考量也同样意兴阑珊。

另外，不说也知道，那些照片很快就变成一种托词。模特儿中年纪最大的那个小路易吉绝对不可能不明白它们的真正性质。想必玛德莱娜也不至于受我蒙蔽。如今我相信，在我们俩人之中，比较盲目的，唯一盲目的，是我。但是，我发现装出一种盲目不无好处，这样一来，就能享有快乐，而不至于感到过于内疚，因为无论是我的心灵或精神都没有投入其中；这点姑且不论，当时我也不觉得这样会对她构成不忠，毕竟我在她之外寻求的肉体满足是我不知该如何向她要求的。再者，我并不是在讲理。我的行为是不负责任的。魔鬼附在我身上。在那趟旅行中，在我们返回阿尔及尔的时候，魔鬼以前所未有的专横方式占据了我……

复活节假期已经结束。在返回比斯克拉的火车上，我们的车厢几乎已经坐满，隔壁的车厢里则坐了三个乘车返校的高中生。由于热气逼人，他们都把上衣脱掉，在他们独享的车厢里玩得天翻地覆。我听着他们嬉笑怒骂的打闹声。火车经常短暂地停靠，每当这时，我都会从我已经拉下的小侧窗探出身去，这时我的手很容易就能挽上其中一名学生的胳臂，因为他也乐于探出他们那边的窗子往我这边靠，笑嘻嘻地跟我玩这场游戏；我则将我的抚触献给那布满绒毛、色泽如琥珀的青春肉体，我摸弄着他，感受到折腾别人的欢欣。我的手沿着那胳膊往上游移，越过他的肩头……到了下一站，另外两个男生中的一个取代了他的位置，同样的游戏又开始了。然后火车再度上路。我气喘吁吁地坐回位子，假装专心看书。坐在对面的玛德莱娜一直没说什么，她装出一副没看到我的样子，仿佛当我是陌生人……

抵达阿尔及尔以后，我们搭公交车到旅馆，

车上的乘客就只有我们，这时她终于开口说话了，我在她的语气中感受到的悲伤多过责备。她说："你在火车上的那副模样像是个罪犯，不然就是个疯子。"

*

我有讲述这一切的需要。但我是想在此描绘她的肖像，而不是叙述我们的故事。

她这个人早在害怕我以前，就已经什么都怕；当然，那种害怕随着她感觉到的自己的脆弱与日俱增。我向她提出座右铭的建议："前途有猛狮 [1]"或"草中藏毒蛇 [2]"。一点小事就能让她满足，有点儿什么她就会感到幸福，因此她会把超乎日常限度的一切都视为过度。再轻微的一阵风，在她眼中也成了狂风呼啸。她总

---

[1] 原文为拉丁语"leo est in via"。——编者注
[2] 原文为拉丁语"latet anguis in herba"。——同上

希望天气风平浪静；同理，她要的是平平顺顺、不起波澜的生活。特别是在最后那些日子，她严重受损的健康使她的心难以承受太大的激荡。不过，即便是在她没感觉到自己病得那么严重时，无论我做什么事，好像也都得在她面前武装起来，表现出某种强硬态度，才有办法无视我对她造成的心神不宁。然而偏偏就是那种心神不宁使她的爱意愈发强烈。

在我那本关于俄国的书[1]出版不久后，我格外能感觉到这点，那时她认为我的生命受到了严重的威胁。同样地，那些我被迫承受的攻击是促使她与我重新亲近的原因，我为此由衷感谢那些攻击。正如我此前所述，这种在人生末尾的亲近让我们得以超越种种挫折，在永别之前找回一种和谐的幸福，这份完美是她的爱所应得的。我之后会详细说这点，但首先我得

---

[1] 应指纪德出版于 1936 年的《访苏归来》。该书问世后在东、西欧都掀起了轩然大波。

谈谈磨难这个部分……我受的磨难来得比较晚，
但就跟她先前所受的磨难一样令人难以忍受，
以至于我们陆续做出不顾一切的努力，设法让
自己与对方疏离：我们真的太痛苦了。她在宗
教中寻找庇护——这是理所当然的事，因为她
一直是个虔诚的人。她还会设法重拾那些布尔
乔亚式的想法和做法，让那些事物为她脆弱的
心灵提供急需的精神慰藉[1]。我原想把她引入一
种解放的心态，但那种解放显得很蹩脚，反而
让她觉得鲁莽而不合乎人性；无论如何，那是
不适合她的，只会残害她而已。我在《背德者》
中试图阐释了这一点，那本书在今天看来相当
不完善；至少是非常不完整，因为它完全未能
考虑（或说几乎无法让人稍微窥见）杀伤力比
较强的那一侧锋刃。

　　那侧刀刃很快就反过来对着我了。因为想

---

[1] 若想让她抽离原有的习惯，得是某个她能完全信赖的人才行。
假如由我来做这件事，她反而会进一步陷进去，希望找到能
够对抗我的自我保护方式。——作者注

必她无法仅仅满足于疏离我，她似乎也竭尽所能要令我也与她疏离，像修枝一样把所有使我爱她的理由一个个剪除。我被迫无能为力地目睹那场亵渎神明的自残行动。我自己放弃了干预、抗议的权利。她刻意漠视我想和她说的一切，以便让我感觉到这点；她从不抗拒，从未失去过和颜悦色的神态，只是完全不理会我的谏言。面对那股柔顺，再锐利的武器也会变钝，一切都变得光滑无比。到后来，我甚至完全搞不清楚自己到底想从她那儿得到什么，我觉得自己很荒谬；我简直要疯了。

此外，即使在我们相处得最好的那些时候，她也从不是一个"随心所欲"的人。就像一般女人一样，经常很固执，虽然表面上看来好像已经让步，却像柔弱的芦苇那样反抗，风来则偃，风过复而挺直。我一直无法使她改变任何家务习惯，例如为屈韦维尔前厅的那座老爷钟上发条的方式。我希望她不要站在一堆自己搭起来的空箱子上做这件事，那些箱子摇摇欲坠，太不稳当了，但她老是顽固地拒绝我搬给她的梯子。她顶多当天在我面前用一下，可隔天我就会发现，梯子又回到了储藏室里它原本的位置，等到下次上发条时，小危楼般的箱架又会重新登场。其他事也一样，所有事都是如此。由于她使用任何物品时都有点笨拙、不小心，我长年提心吊胆。任何工具只要她不懂怎么用，就会宣称那东西不方便，而当旁人想告诉她用法时，她则会表现出一副厌倦至极、茫然不已的神态，使人很快就决定放弃这件事。在我们蜜月旅行的第一站圣莫里茨，我带着她徒步经过一段山区，由于路途很长，我们在翻越"迪亚沃莱扎隘口"之前，不得不先在山中一处避难用的小屋过夜。那处山口并无特别危险之处，但一行人还是系了一条安全绳，我们前后都有向导，每人手持一根称作"阿尔卑斯拐杖"的铁头登山杖，她是第一次用这东西。当我们得越过一片积雪的陡坡时，向导和我都设法教她用正确的方式握住登山杖，但徒劳无功。某一刻，我看到向导们几乎拒绝继续往前走，因为在最险峻的那段路上，她非要把登山杖拿在临空那一侧，那样做可能会导致她被拖向外侧往下摔，然后所有人都会跟着摔下去。她嚷嚷说，她感觉就是应该那样拿手杖，另一种拿法让她觉得不安全。真是奈何不了她！她说什么也不肯让步。在那以后的很长一段时间里，我经常会半夜做噩梦。每件事都是如此，说也说不完。

前面我所说的"修枝"工作是后来才开始的，还有她在与我疏离以后，费尽心思想努力使我疏远她。我在《窄门》里对此有一番着墨，通过某种先见之明，我提前写出了一些后来现实会证实的事。套用巴雷斯的说法，我尽我所能地叙述了这种为了"退缩至个人底线"而做的努力[1]。残酷的是，我居然会相信（而且她无

---

[1] 莫里斯·巴雷斯（Maurice Barrès），法国作家、政治家、法兰西学术院院士。他曾是纪德的创作典范，后来立场倾向于民族主义与排外思想，纪德便与他划清界限。他是在主张回归地区主义的论述中用了"退缩至个人底线"这句话。

所不用其极地迫使我如此相信），她无法开出更完美的花朵；相信我所珍爱的她身上最美妙的部分，都不过是我一厢情愿的幻想；相信真正的她远不及我梦想中的她……事实上，她认为我已经不再爱她了。这样一来，为了取悦我而打扮自己还有什么意义？取悦我不再是一件需要考虑的事。那么，文化、音乐和诗歌还有什么意义呢？她荒废了当初为了追随我而冒险踏上的所有道路，把自己幽闭于信仰中。我可以去嫉妒上帝，要不就追随她奔向那个神秘国度，唯有在那块土地上，她还愿意与我互通声息。她把自己狭隘地局限在那里。

如果不举例说明，我前面说的那些会显得太过抽象。在她年轻的时候，她拥有世间最纤巧、最美丽的手，生动鲜活的一双手，我爱它们，就好像它们是独立存在的……可后来，她仿佛乐于损坏那双手。她用那双手去做所有粗活，似乎是喜滋滋地用工作来虐待它们，而且她干起活来笨手笨脚。如果我碰巧因为看到她在厨房里洗杯盘而表示抗议，她会反过来嚷嚷说她只是为了减轻正在别处忙碌的女佣的负担，因此破例做这些事，要不然她就是找个不知哪门子的理由来搪塞，掩饰她每天都在洗杯盘的事实。为了安抚我，她会补上一句，说她非常爱惜自己的双手，洗杯盘的时候都只用指尖轻轻洗，绝不让热水烫到手……我还能说什么呢？恳求、责备，全派不上用场；可如果我继续坚持，她那张脸就会忽然显露出一种要命的倦态，将她那种逆来顺受的固执掩蔽其中；我不记得自己有哪一次是没打退堂鼓的。我知道她在其他方面其实是个非常通情达理的人，因此设法想找出到底是什么神秘原因使她如此对待自己；后来我想到，可能她是希望跟两个妹妹平起平坐吧，因为她们俩人只请得起做半天工的用人。我是这么怀疑的。因为我知道，让娜和瓦伦丁的生活没她宽裕，而她为此感到无比痛苦。不过我更相信一件事：她把个人的谦卑发挥到极限，最后只允许自己去做一些低下的劳动。

　　她比我大两岁，但在某些日子里看到她时，这种年龄上的差距仿佛是两代人之间的差别。我记得有一次我们坐马车兜风到费康玩。我期盼着这段跟她短暂厮守的二人时光，她答应从烦琐的日常事务中抽身，但有个条件，得带两名女仆随行。她说："这样的兜风为她们带来的快乐多过我。"别人的快乐总是先于她自己的快乐。在整趟旅途中，我看得出她在假装开心，以免让我伤心，纵使她必然不至于对大自然的美景、对柔和光线倾泻在丰饶麦田上的景象毫无所感，但她还是不断想着自己在屈韦维尔该做的事。她接受这个消遣活动只是为了不扫我的兴。在费康，我为了买烟耽搁了一下；我记得，在追上她以前，我先观察了她一阵，她在离我二十多米远的地方，走在两名女仆之间，她的身影显得那么苍老，我不禁怀疑那是不是她。"啊，难道这就是你残留的样子吗，亲爱的？这就是你让自己变成的模样！"我一直停留在她身后，生怕无法向她掩饰那充斥我心的悲伤，它正随时准备溃决成泪河。那是愧疚的泪水，因为我告诉自己：这都是我的杰作！过去只有我能避免让她放弃人生。现在一切已成定局。为时已晚，我无法再改变任何事……我没勇气跟上她，就让她自己回旅馆了。稍后，一名旅馆服务员对我说："令堂在马车上等您。"那时我心中感到的愧疚，必然远多于她发现别人把我当成她儿子时可能感到的难过。

*

她需要付出，重视他人的快乐胜于自己的幸福，这些都是她的本能，而且以非常天真的方式表现出来。我从刚果的漫长旅行中带回了唯一一件我觉得能配得上她的物品。那是一个皮夹，五颜六色的细皮带以最多姿多彩的方式交缠在一块。在班吉的时候，琳琅满目的粗糙商品间，我一眼就相中了这个珍品；不可能有别的东西比得上它。当然，我把这礼物送给她时，她赞赏不已。可两天后，她又说："你介不介意我把皮夹送给你的秘书（那秘书才刚上任几天，我们几乎还不认识）？我看到她觉得皮夹很漂亮，心想送给她应该会让她很高兴。"

大战以后，她隐遁于人世，再也没有离开过屈韦维尔。她是怎么打发日子的？她的夜晚很短，因为她在黎明前就会起床；祷告完以后，她会下楼到厨房里生火，为她正在训练（她说"训练"时用的是诺曼底科地区方言中的"nater"这个词）的女仆预先安排好事情。那些女仆接受完她的训练以后，经常很快就离开她，去城里工作。她几乎不再看书，她说她不再有时间做这件事。她忙得不可开交，踩着碎步在房子或庭园里来回张罗，旁人会看到她面带微笑但神色难以捉摸地走过，而我得煞费苦心才能让她愿意拨给我一小时听我读作品，却还经常会有某个女仆过来问她事情或请她帮忙，还有那些农夫、商贩、乞丐，以及所有地方上的

穷人 [1]。

我怀疑她可能因为无法像刚开始担任圣职并"立誓"的埃迪·科波 [2] 那样而暗自羡慕她，因而立誓至少得承担一些琐碎的日常义务，比方说除了家里的动物，她还去喂养附近的猫狗。她风雨无阻，从不懈怠；于是，每天同一时间，在各个农舍的院子里，都会有一群猫猫狗狗等着她，其中猫特别多，它们不是长了疥癣、癞疮，就是独眼、瘸腿，那些农民早已对它们不闻不问，它们无法自行觅食，要是没有她的话，它们早就饿死了。她就这样日复一日地去，笨拙地赤手捧着一个大盆子，里头装了她刚调制好的食物，正在慢慢冷却。她的手暴露在霜冻、冷雨

---

[1] 她有个很好的想法，我也非常鼓励她做这件事，那就是把地方上那些破屋一栋栋收购来翻新。那些房子原本逐渐颓圮，恐怕会变得无法居住，因为屋主收不到房租，不愿意做任何必要的修缮。——作者注

[2] 埃德维热·科波（Edwige Copeau），纪德夫妇的密友雅克·科波及阿涅丝·科波夫妇的女儿。埃迪（Eddi）为其昵称。她在 1931 年进入本笃会，生前长年派驻于马达加斯加服务。

中（因为我无法说服她戴上手套），我看着那双手一天天逐渐粗糙损坏，变得越来越只适合做最低贱的粗活，拿起笔时的模样则显得越来越别扭。不说也知道，她的书信往来也受到了严重的影响，她的朋友们不明白她的苦处，经常讶异于她总是许久都不回复她们的亲切信件。特别令我感到不放心的是，她那双可怜的手也逐渐失去了感觉；我透过许多迹象注意到这点。有时她不小心刮伤了手，却丝毫没有察觉，而当我看着她毫无犹疑地碰触那些黏腻、肮脏的东西时，真感到难以言喻的痛心。她仿佛特别喜欢抚摸生病的动物，我一直担心初冬乍寒时她手上冻出的裂口会让她染病；她对那些皲裂处理不当，整个冬天都没有痊愈。在这种残忍的凌虐下，她那双可怜的纤纤玉手很快就变得面目全非，我每次只要一看到，心里就一阵阵地发疼。"你这双手本来一定很漂亮。"我带她去看的医生这样对她说。

不过，她对自己的眼睛倒是相当担心。长

久以来，我一直弄不清楚为什么她的虹膜周边渐渐发白（看起来好像是被角膜侵占了），这导致她眼神的质地也变得越来越不一样，然后开始出现视网膜栓塞的问题。医生诊断后告诉我们，还没出毛病的那只眼睛可能有罹患白内障的危险。我很希望她好好呵护那只眼睛，所以特地找出一本家传的老《圣经》，是用大号字体印刷的。可是她已经习惯看她自己那本《圣经》了，还有埃迪·科波在入会以前给她的那本祈祷书。我完全无法改变她的习惯。

此外，我厌倦了不断留心她，不断白费力气地劝告她，于是我最终下定决心让她随心所欲，什么都不再多说。没错，对于照顾她这件事，我感到可怕的、要命的厌烦。再也受不了了。我输了这场游戏，我放弃了。从此以后，我任凭她去！我也不再爱她了，不想再爱她了；爱她让我太痛苦了。我所梦想过的一切，我牵系在她身上的一切，不都已经成为过去，归于万事皆休的坟墓了吗？

但是，多么奇异！就在我终于勉力达成这种人为的疏离以后，她却重新开始与我亲近。啊！通过一种几乎难以察觉、不改变她生活中任何事的方式。我后来已经相信，我的存在对她构成负担，使她觉得厌烦，但她用某种方式让我明白（我们之间是从来不做任何沟通解释的），令她厌烦的其实只是我的不断告诫。慢慢地，从我们爱情的废墟中，重新长出了一种全新的，仿佛超自然、超人类的和谐。不！我从不曾停止爱她。因为我对她的爱从不曾掺杂肉欲的成分，它便不会因为时间的流逝而变质；因此，我从不曾像当时那般爱玛德莱娜，我爱她那衰老、伛偻的模样，她苦于腿上那些静脉曲张的创口，让我为她包扎，在近乎残疾的时候，她终于满怀温柔甜蜜的感恩之情，任凭我照顾。

那时我会自问，如果我们之间的爱在它的所有组成元素都已支离破碎之后仍然存在，那么，它到底是由什么构成的？那沧桑的表象下到底藏了什么，使我在走过一场破坏以后，还能寻回完璧？那种非物质的、和谐的、光芒四射的东西——似乎应该称之为灵魂，但这个词又有什么意义呢？她相信不朽，但我才是应该相信这点的人，因为是她离我而去……

*

　　我相信，我在此诉说的一切都会显得形貌未明、轮廓不清。但这正是我们故事的特质，它尚未成形。它蔓延在一段太长的时间轴上，延展过我的整个人生；那是一部持续进行、隐而不显、充满玄机的剧目，能为它赋予明确轮廓的事件少之又少，它从不曾被公开宣告。

　　我意识到，到目前为止，我几乎一直是从缺憾的角度谈论她；她掌控了我的心灵和思想，虽然我没说出什么能解释这种影响力的例子。然而，任何深入了解她的人都不会讶异于那种掌控力的存在，而且那股力量是她在不自觉的情况下散发出来的，因为她向来不会刻意诱惑或主宰别人。我在她身边领受到的首先是一种深切的和谐之感。她达到了一种内在的平和，而且似乎有某种源自她的光芒能让人惬意地分享那份平静。只要她在场，她身上的一切就会诱使旁人感受到幸福。

她喜欢动物、花卉，所有自然界的事物；再不起眼的一束花都令她满心欢喜。在我们的庭园里，我就算极力要在各色各样的植物间做个筛选，也是徒劳无功；每当我淘汰掉某些品种，我都很确定它们会在她开设的"花园医院"中享有第二春。圣诞节过了以后，她会把圣诞树重新种起来。她还总是舍不得丢弃风信子和郁金香的球根。

对于人，她一直保持谨慎小心的态度；她下评断既快速又严厉，丝毫不予宽容。她并不藐视别人，但当某些人让她觉得不真诚时，她就不再把他们放在心上，不再见他们。她的耳朵惊人地灵敏，立刻就能分辨出旁人话中的虚情假意。我想，我正是从她身上汲取了对真诚的需求。话说回来，面对我的过分真诚时，她却喜欢搬出克洛岱尔[1]的口头禅"伪善总比愤世嫉俗好"，这似乎跟她对谎言的厌恶相违背。但我非常能理解她那么说的意思，其中完全没有矛盾：我们的行为究竟有多纯真，这得留给上帝去鉴定，对社会而言，重要的是那些行为是否合乎法律、传统及道义伦理。她认为法国因为包容、纵容、接纳"异国事物"而迷失了自己。在"异国"这个部分，无论来自哪里，无论它代表的是什么，她一概本能地、理论性地不信任，而且没有任何事能够撼动她的观点。不管对人或对事，她的判决都是无法更改的，没有上诉的余地。一旦她评断某个事物是不好的，她做的就是最终裁定："从那里出不了什么好东西。"而且不论发生什么事，她都根据行为加

---

[1] 保罗·克洛岱尔（Paul Claudel），法国诗人、剧作家、散文家、外交官，法兰西学术院院士。与纪德为多年好友，但因理念相违，两人遂渐行渐远。

以判断。判断既出，就没什么能让她回心转意。因此，关于我人生的某些重要事实，我会保持缄默，关于某些人物，我连名字都不会再提一次，尤其是可能会让她感到难过的那些。因此，我们之间的缄默地带日渐扩大。但我相信，她在我面前刻意摆出那种不妥协的态度来武装自己，也是因为她害怕被自己的心牵着走，或者至少是害怕让它显露出来。她有办法变得果断，但从不强硬；尽管她谨守那些原则，却依然保留了一种洋溢着笑意而又严肃沉稳的和善，类似于歌德笔下伊菲革涅亚 [1] 的性情，或者似乎更像是古希腊的安提戈涅 [2]。我找不出任何更适合与

---

[1] 伊菲革涅亚（Iphigénie），古希腊神话中著名的悲剧人物之一，迈锡尼国王阿伽门农之女，因其父王触怒狩猎女神而被献祭，并对献祭坦然接受。欧里庇得斯与歌德都曾以她为题创作剧本。

[2] 安提戈涅（Antigone），俄狄浦斯在不知情的状况下与母亲伊俄卡斯忒乱伦生下的女儿。她自愿陪伴因弑父娶母之罪而自己挖去双眼的父亲流放至科罗诺斯，后因对抗未婚夫海蒙的父亲、当时的忒拜国王克瑞翁而丧命，是英勇刚毅的化身。

她相提并论的人物。

有时我想，正是因为我感觉她与我天差地别，才深深迷恋上她；我们之间的差异性对我施加了奇异的吸引力。但我也相信，为了对抗、为了更能与我泾渭分明，她强化了我俩之间的差异。然而，无论她与我多么不同，正是因为认识了她，我才时常感觉自己在尘世间像个异乡人，玩着人生的游戏，却不太相信它的剧情，因为我透过她了解到了某种更难以捉摸，却更真实的现实。我的理智或许会否认那种玄秘的现实；跟她在一起时，我却能感受到它。缺少了她灵魂发出的纯净声音，我自此只能从周遭听到俗不可耐的声响，混沌、微弱而绝望。

*

正是她这种完美纯正的真实性，使得我们之间要做任何解释都如此困难、如此不可能。我心想，或许她更知道如何诠释我的缄默，而任何以爱为名的振振有词反而可能显得不真实，或者至少是夸大其词，我的信誉也可能因此而泯灭——那是我慢慢地，月复一月，年复一年，为自己重新博得的信誉。

献给玛德莱娜的日记

——如果能为她带来些许幸福

Journal intime

我不知道哪种感觉更痛苦：是不再被爱，
还是看到你爱着，也依然爱着你的人，
不再相信你的爱？

她的一滴眼泪都比我的幸福汪洋更深重。或者至少该说（夸张的话语有何用处？）我不再认为自己还有什么权利以牺牲她的幸福为代价，来换取我的幸福。

　　但我还谈什么幸福？是我的人生，是我的存在本身伤害着她，那是我可以摒弃但无法改变的。如今不只是阳光，就连空气我都得不到了。

以下是我的完整日记中涉及玛德莱娜的段落，这些段落没有收进七星文库的版本。

一九一六年

九月十五日

我用这本新的本子继续写我从六月开始荒废的日记。我把先前写的最后几页撕掉了，那些段落反映的是一场可怕的危机，玛德莱娜卷入其中，或者更准确地说，玛德莱娜就是事件主角。我是在一种绝望的心情中写出那些文字的，而且坦白说，因为那几页东西是写给她的，所以我在让她看了以后，按着她的意思把它们撕掉了。而且，倘若她基于个人的含蓄审慎，没有向我如此直言要求，我也会强烈地预料到这样做会令她宽心而主动如此提议。想必她因此而感激我。不过话说回来，我其实很后悔撕掉那几页日记，这绝不只是因为我从未写出过那么悲怆的文字，也不只是因为那些内容有助于我走出它诚实反映的那种病态状况——我实在太容易不断陷入其中。我后悔撕掉它，更因为那个动作使我停止了撰写日记，以至于我在少了那份支撑后，一直耽溺在一种非常痛苦的精神失序状态中。后来，我竭力在原来那个笔记本里写些什么，但只是徒然。我只好放弃写了一半的本子。在现在这个本子里，至少我不会感觉到撕掉的痕迹。

一九一六年

十月七日

玛德莱娜的一句话又让我陷入了绝望。我终于下定决心跟她谈谈到圣克莱尔[1]过冬的计划。"这是我亏欠你的。"她这样告诉我，仿佛

---

[1] 圣克莱尔（Saint-Clair），位于法国蔚蓝海岸。纪德的好友、比利时新印象派重要画家泰奥·范里塞尔贝格（Théo van Rysselberghe）于1911年骑脚踏车在蔚蓝海岸寻找养老地点时，在这里看上一块地，于是请当建筑师的哥哥帮他在那里盖了一栋房子。纪德于1923年与泰奥的女儿伊丽莎白生下一女。

得用尽全身力气才能说出这句话，然后她的面孔一下就显得无比悲伤而严肃，以致我在那个当下一心只想放弃那个计划——就跟其他数不清的计划一样。因为她让我觉得，她要为此付出的是那么多，而我不得不以牺牲她的幸福为代价来满足我的需要。从那时起，我便不再能接受这一点了。

一九一七年

六月一日

我真痛恨自己——我不得不向她隐瞒自己。但我能怎么办？……她的责难令我无法忍受；我又无法请求她认可我必须做的事。

"我很讨厌冒失多言。"她告诉我。我更痛恨谎言。为了有朝一日终于能够畅所欲言，我才一辈子压抑自己。

一九一八年

十一月二十一日 [1]

玛德莱娜把我写的信全部毁掉了。她刚刚向我坦白了这件事，我受到沉重的打击。她告诉我，她在我出发去英国以后，立刻就做了这件事。啊！我当然知道她因为我跟马克 [2] 一起离开而感到痛苦万分，但她有必要拿我们的过去来报复吗？……因此而消失的，是我身上最美好的部分，没有了它，还有什么可以帮我制衡最糟糕的那部分呢？三十多年来，我将自己最好的一面给了她（而且仍持续在给），日复一日，

---

[1] 我发表的《日记》版本在1918年10月中断，1919年5月才又重新开始；然后几乎又立刻停止，在将近一年间没写任何东西。以下几页文字应该安插在这个地方，它的内容可以为那段长时间的缄默提供说明。——作者注

[2] 马克·阿莱格雷（Marc Allégret），法国编剧、导演、摄影师，纪德的情人。两人曾前往非洲旅行，并于旅行期间完成了纪录片《刚果之行》的拍摄，为阿莱格雷的电影生涯揭开序幕。——编者注

再短的分别也不例外。骤然间，我觉得自己被
毁了。我再也无心做任何事。我不费力气便可
杀死自己。

要是这个损失是由某种意外、侵略、火灾
造成的，那也罢……但那是她干的！

十一月二十二日

她能否明白，她那样做等于是毁灭了未来
能为我的记忆提供避难所的唯一一艘方舟？我
把我最好的一切都写进那些信里，我的心，我
的喜悦，我的情绪变化，我消磨日子的方式……
我感到痛苦，仿佛她杀死了我们的小孩。

啊！我却又受不了有人指责她。那仿佛是
最锐利的刀尖。我彻夜感觉它插在我的胸口。

十一月二十四日

服用阿司匹林，设法入睡。但痛苦令我在
半夜醒来，我觉得自己要发疯了。

"那是我在世上最宝贵的东西。"她这样告

诉我……

"你走了以后，我又独自一人在这栋被你抛下的大房子里，我无依无靠，再也不知道该做什么，不知道自己会成为什么样的人……起初，我以为唯一的出路只有死。是的，真的，我以为我的心脏不再跳动，我快死了。我是多么痛苦……我得做点什么才行，结果就把你的信给烧了。在把信毁掉以前，我一封一封地重读了它们……"

这时，她又补上那句："那是我在世上最宝贵的东西。"

假如必须再次做出这种牺牲，她还是会那么做，这点我深深相信。就算不涉及任何怨尤，光是谦卑就会促使她那样做。她无法忍受吸引他人的目光、注意，不断将自己隐藏起来。她不希望自己的名字在任何时候、任何地方被公开，除非是透过少数几位朋友，或那些受她照料、把她误称为"吉勒夫人"的可怜农民，她尤其希望把自己的身影从我的信中抹去 [1]……

我向来非常尊重她的谦卑，以至于我几乎从不在笔记本里写到关于她的事，而即使到了这个节骨眼，我也不会提。现在再也不会有人知道她对我的意义，以及我对她的意义。

---

[1] 我很想修改以上某些句子，因为现在我可能看得比较清楚了，我觉得它们似乎不再贴切；不过最好还是把这些改动置于说明部分，并保留我当初做出的所有错误诠释，尽管那些诠释在今天看来带有一厢情愿的意味。我当时所写的关于玛德莱娜过度谦卑的一切，似乎都是准确的；她确实从不刻意表现，不想突显自己。这种隐没自己的需要夹杂着矜持和基督教式谦卑的成分；但今天我会认为，若不是她看到我获得的名声显现出那么晦暗的性质，基于对我的爱，她应该会心甘情愿、高高兴兴地同意出现在我身旁，并在人们的心目中与我的命运（或说我的荣耀）联系在一起。在我当时写下的那些文字中，我忽略了今天我自认为最要紧的事：她全心全意地反对我的行为和我的思想倾向。这是促使她抽身离开我生命的主要原因。一想到要在一出她完全不以为然、丝毫不想与之沾边的剧目中现身，扮演某个角色，她就会感到难以言喻的痛苦，无论那角色有多不起眼，甚至可能是个受害者（而且当时她还太爱我，因此承受了双重的痛苦）；她尤其不想跳出来扮演控诉者的角色。我就此回到当时写的地方，而且就算我觉得羞愧，也要原封不动地把它誊写出来。

卢克索，1939 年 2 月。
——作者注

献给玛德莱娜的日记 JOURNAL INTIME

那些信称不上是什么情书；我很反感浓情
蜜意的表述方式，她则完全无法忍受别人的赞
扬，以至于我通常对她掩藏盈满我心的感情。
可我的人生确实是透过那些信函，日复一日、
一点一滴地在她眼前交织出来的。[1]

---

[1] 原先我在此加了这么一句："世间或许从未出现过如此美妙
的书信。"如今想来，那种自命不凡虽令人莞尔，却是由绝
望之情所激发。还是说得简单些吧：在那以前我从未曾，自
此以后也绝不会以同样的方式与任何人通信；我将自己能给
予她的一切都忠实地为她保留下来，至于其他部分，由于我
无法加以压制，因此我尽量不声张……

　　今天，在感觉自己走到人生末尾之际，我以不带纵容的
眼光回头审视当时写下的一页页日记，这并非因为我已山穷
水尽，而是因为棋局已定，且我已开始退出赛场。当时，我
以为自己陷入的绝望主要源自一种失败感；我把自己比作俄
狄浦斯，像他一样猛然发现自己据以建立幸福的，竟然是个
天大的谎言。我忽然意识到，我为了个人幸福，将她束缚在
何等的不幸中，而她却是我无论如何都深深爱着，更胜于爱
我自己的人。不过，还有一个比较难以启齿的原因，那就是
当我知道自己最值得流传下去的东西被她毁于一旦时，我感
到无比痛苦。那些从童年时期就开始写的书信无疑同时属
于我们两个人，在我眼中，那不仅源自她，也源自我；那
是我对她的爱结成的果实……我不停地哭了整整八天，也
倾泻不尽我们共同的丧失所造成的酸楚。（下转第 61 页）

（上接第 60 页）事情发生在屈韦维尔；那是再平凡不过的一天。我需要为当时正在写的《回忆录》查找某个日期，心想或许能在跟她的通信中找到参考坐标。我向她要了她房间里写字台的钥匙，那些信就收在那里。（她通常从不拒绝给我那把钥匙；不过，那是我从英国回来以后第一次问她要。）这时，我看到她脸色变得惨白。她努力回话时，嘴唇颤抖了起来，她告诉我抽屉已经空了，信也不在了……

我哭了整整一个星期；我从早到晚都在哭，坐在起居室的火炉边，那是我们最常一起相处的地方。夜里，回到我的房间以后，我哭得更厉害，平时在那房间里我总盼着某天晚上她会再来与我依偎。我不停地哭，什么话也不对她说，只是以泪洗面，同时又一直等着她说句什么，做个手势……但她只是继续做那些琐碎的家务事，仿佛什么都没发生，在我周围来回张罗，神情漠然，对我视而不见。我曾徒然地期望，我那无休止的伤痛会战胜她那种表面上的麻木不仁；但我错了。想必她内心盼望的是，她看到我陷入的那种绝望之情会引我走向上帝，因为她不承认有其他出路。我想，这就是为什么她甚至连拿出些许怜悯和温柔来安慰我都不愿意。只要我流下的泪水仍然是凡俗之泪，对她而言就是毫无意义的。我想，她是在期待我发出忏悔和虔敬的呼喊。而我哭得越多，我们就变得越是形同陌路；我心酸地感受着这点。不久后，我不再为我被毁掉的信件而哭泣，而是为我们，为她，为我们的爱而哭泣。我觉得我失去了她。我内心的一切都在崩溃，过去，现在，我们的未来。

自此之后，我再也不曾真正重拾对生命的兴味；或者至少可以说，在很久以后，当我意识到自己重新获得了她的尊重时，我才又有了活着的感觉。但就算到了那个时候，我依然无法真正投身于欢乐的人生圆舞曲，我一直怀着某种难以名状的感觉，仿佛自己只是在一些表象中摆动——在那些被称作"真实"的虚无表象中。

卢克索，1939 年 2 月。

——作者注

献给玛德莱娜的日记 JOURNAL INTIME

十一月二十五日

唉！现在我真的相信，我扭曲她人生的程度，远超她对我人生造成的扭曲。因为，说实在的，她并未扭曲我的人生，我甚至觉得我生命中所有的美好都源自她。我对她的爱主宰了我的整个人生，但并未扼杀我的任何本质，只是掺进了冲突的成分。

但是，如果有人以为我在《窄门》中透过阿莉莎的身影描绘出她的肖像，那就大错特错了！在她的德行中，从来没有任何扭曲或过度的成分。毫无疑问，她内心的一切一直只求能够柔美而温存地绽放……这就是为什么我感到悲痛欲绝。有时我深深相信，她从来天不怕地不怕，就只怕我。

在过去的三天里，我与她进行了谈话——我们的交谈被一阵阵可怕的沉默以及无法克制的啜泣打断，但话语是严肃的，从头到尾都没有一个指摘或责难的字眼——我仿佛觉得，从今以后，我再也无法试图活下去，或说最多只能在忏悔中恍惚度日。我感觉自己完了，毁了，解体了。我告诉自己，她的一滴眼泪都比我的幸福汪洋更深重。或者至少该说（夸张的话语有何用处？）我不再认为自己还有什么权利以牺牲她的幸福为代价，来换取我的幸福。

但我还谈什么幸福？是我的人生，是我的存在本身伤害着她，那是我可以摒弃但无法改变的。如今不只是阳光，就连空气我都得不到了。

既然我的人生初衷已全然失败 [1]……

十二月十一日

从巴黎回来四天了。

可怕的日子。我的腰身已经碎裂，无法再挑起昨日欢悦的重担。该如何找回昔日活在世上的那种自信？我的心已无所适从，我的天空也熄灭了全部的光芒。

---

[1] 原文为英语 "Since all my life seemed meant for fails"，引自英国诗人勃朗宁的诗作《最后的同行》。

十二月十九日

我忙着审阅和润色我《回忆录》的草稿，这样一来，等我要交一份稿子给韦贝克时，就能有一份完整的文本[1]。我对审校结果不太满意：文句太软弱了，自我意识太多，太谨慎留神，太过文艺腔……

我又开始弹钢琴了。我重新弹奏《平均律键盘曲集》……

我觉得这种太过平静的生活将我幽禁了，我快要窒息了，但除非我再撕裂一切，否则我无法从中逃脱。极端的衰弱和老朽。任何能让我心脏再次跳动的东西，对她而言都只会是痛苦和憎恶的根源。无论我主张自己的什么，都会伤害到她，我唯有压制自己，才能确保她的快乐。

---

[1] 纪德所谓《回忆录》即为《如果种子不死》。爱德华·韦贝克（Édouard Verbecke）在比利时布鲁日经营一家印刷厂，是《新法兰西评论》的专用印刷单位。《如果种子不死》首版于 1920 年至 1921 年间在那里印制，共 12 册。

他们似乎老觉得（比方说从前王尔德就是这样）自己并非因为理论而栽倒，而是由于在某个论点上前后不一致。王尔德曾经再三强调这点：今天我之所以懊悔，原因不在于我成了个人主义者，而在于我一直没有成为彻底的个人主义者。

十二月二十二日

某些日子，特别是夜里，我会因为痛惜那些被毁的信而感到被击垮。我本来尤其指望通过那些信件长存于世间……

一九一九年

一月二十日

……这意味着一种契约，而我并没有征求对方的意见。一份我强迫她接受的契约。而我之所以强迫她接受，只是因为我的本性将合约中那些强制性条件强加给了我。

此后，我的创作只会像是一座建筑，没了华丽屋顶；一首交响曲，缺了最温柔的那个和弦[1]。

十月八日　屈韦维尔

（结婚周年纪念日。）我不知道哪种感觉更痛苦：是不再被爱，还是看到你爱着，也仍然爱着你的人，不再相信你的爱？我对她的爱丝毫没有减少，我留在她身边，内心淌着血，却无言以对。啊！我还有办法再跟她说话吗？……振振有词地说我爱她胜于世间一切，这样有何意义？她不会相信我。唉！现在我还有能力做到的，只是进一步残害她。

---

[1] 以下有几页内容在我的七星文库版《日记》中不小心被收进1923年的"拾遗"部分："透过某种自鸣得意，我们经历的所有情感都被夸大；我们并非经常那么痛苦，只是想象自己万分痛苦""我从来不懂得如何放弃任何事"；由于我同时在内心呵护着我最好和最坏的部分，我一直活得像个被撕裂的人"等等。——作者注

十月十日

然而，生活终究重新披上幸福的虚假外衣。

我在屈韦维尔待了三个星期，今晚将返回巴黎待十天。

十一月二十一日

最近这些日子工作成效尚可，但一种可憎的哀伤一直笼罩着我：我伤害了世上我最爱的人。而她不再相信我的爱。

一九二一年

一月三日　屈韦维尔

可怕的日子。一直失眠，重又坠入最糟的状态；工作不顺心，没有任何激情，只是在勉强运用残存的那点冲劲。啊！但愿我能相信我的存在令她欢喜……但就连这种喜悦也被剥夺了。我一整天都在想，她只是在容忍我。我再也没什么东西引得起她的兴趣，能让她觉得紧要。而且，由于人一定得有爱，才能理解与自己相异的成分，所以我感觉她对于我，只剩下不了解、错误评断，乃至更糟的漠然。

然而，有时我会怀疑是不是自己误解了。啊！但愿我们能互相解释个明白！可只要一开口，我的心便痛苦不堪，以至于我再也不知如何与她交谈。

……就连她的声音，她那比世间任何事物都更令我深爱的甜美声音，也变得不一样了。去年夏天，因为她笨拙或不小心造成的那场小意外，起初似乎只是件小事，后来却导致她说话略微漏风。其实几乎听不出来，我是唯一察觉到的人（她的妹妹们都认为我是在胡思乱想）。只要她愿意稍加留心，想必不是什么无法矫正的状况；但令我难过的是，她自暴自弃，她那样放弃自己的魅力，完全不再费心取悦我，只是一股脑地说：有什么用？我甚至觉得她是在设法为我提供攻击她的武器，想让我对她失去兴趣，诱使我离开她；这一切却令我更加爱她，而且由于我完全无法开口表达，我的爱意反而愈发深刻 [1]。

要是我还有一点希望，能为她带来些许幸福，那该多好……

一月五日

刊登在《新法兰西评论》十二月号的《如果种子不死》节选没被剪下来。她倒是看了克洛

---

[1] 正是这点最具悲剧性：那种漫长时日中的可怕寂静，那些日复一日朝夕相处的悠长时光。也是因为这样的理由，有时我再也无法承受，感觉我的爱在那种寂静中垂死挣扎，于是我只得对自己的日记说些话，在我正在誊写的这几页里诉说那些我无法对她启口的事（这是出于极大的需要，同时也是希望，要是我比她先走的话，我能够为她所怀疑的这份爱留下一些见证。我想，或许她会在偶然的机会中，透过这些文句辨认出那份爱，而且由于这些文字并不是对她写的，或许会比我能亲口告诉她的更容易让她信服）。至于她，我想她从未向任何人倾诉过自己的痛苦；她只会向上帝吐露，也因此变得更加虔诚。——作者注

岱尔的《圣马丁》一文；不过那个回忆录片段的
最后一页刚好就在《圣马丁》第一页的旁边，想
必那页的内容（她只需要瞄几眼就够了）令她
心生警觉；她受到惊吓，于是按照她平常的习
惯，不肯继续往前翻[1]。结果是，她现在想必认
为我毫不知耻地张扬那些事，而事实刚好相反，
我是小心翼翼地隐瞒——而整篇文章都因此受
到严重掣肘。

一月六日

他绝望地意识到，她只是出于对他的爱才
对那些事物（艺术、音乐、诗歌）产生兴趣，
而它们却一直是他生命中最崇高的志趣。一旦
她停止爱他，她也就不再从中找到乐趣，不再

---

[1] 这页文字记述的是纪德的一段童年往事。他的朋友把姐姐写
　　给自己的珍贵信件拿给纪德看，并要求纪德说出自己的秘密
　　作为交换，但小纪德不肯，因为他的秘密只可能跟表姐玛德
　　莱娜有关，而他绝不愿跟任何人分享那些秘密。

相信那一切 [1]。

一月二十六日

我明天就离开屈韦维尔。我在这里所处的物理和道德环境令我的心情跌至谷底，我的创作因此受到严重影响。我在这里甚至不再能尝到让她快乐的喜悦，也就是说，我不再怀抱这种错觉，这个失败的念头彻夜萦绕我心。我甚至开始相信，我的爱对她来说是一种负担；有时我会因为这份爱而责备自己，觉得它仿佛是个缺点，是一种疯狂，并竭力说服自己不要再为它受苦……我不甘心我们俩的心灵就这样分道扬镳。在这个世界上我只爱她，除她以外，我无法真正爱任何人。没有她的爱，我无法生活。

---

[1] 我用第三人称写前面这段文字是有理由的，大约是想否认这份思绪，或者至少是让自己与之保持距离。更符合事实的说法可能是：由于她渴望能从对我的爱中解脱出来，所以拒绝自己再接触任何我最初陪伴她走入的领域，并且害怕还会在那个空间中与我相遇。此外，她一直怀着不断使自己变得贫乏的需求。——作者注

我可以接受全世界反对我，但无法接受她反对
我。而我必须对她隐瞒这一切。我必须跟她一起、
像她那样，上演一出幸福喜剧。

五月十五日　巴黎

玛德莱娜说她星期二会来。我从上一个星
期四就开始等她，然后是星期五，再之后我便
可以去车站接她。一想到她要在假日结束后的
第一天上路，乘坐拥挤的火车，我就感到心急
如焚。我对她的爱一如往昔，那是我生命的一
部分，我无法将它从我的内心剥离，就像我无
法将欲望从我的肉体拔除……

五月二十九日　星期一

她四点离开我了。我送她到圣拉扎尔车站。

尽管疲惫经常使她的五官显得浮肿，在某
些时刻，我依然能寻回她的脸庞——她的笑靥，
她的神情——那是我在这世上最爱的。

七月十八日

我曾许诺与她完美交融的那种幸福悄然逝去，自那以后，我觉得自己对任何东西的欲求仿佛都不再像往昔那般剧烈。

十月十二日　屈韦维尔

唯有将我的注意力从她、她的处境和我们的关系上转移，我才可能守护我的这份宁静，维持我的平和，并且对于工作、对于生活本身，抱有某种兴致。要是我在夜里想到那些事，我就会失眠，我会在悲伤及绝望的深渊中辗转反侧。这时，我感觉到自己对她的爱无以复加，而我却因为无法让她体会这份爱意而承受着可憎的痛苦；她迫使我摆出的这种态度，她令我不得不戴上的这副漠然的面具，然而，这些对她而言想必都比我支支吾吾地诉说的一切显得更加真诚。她坚持那样做，我则无权扰乱她因此而得到的安宁。为了确保这种安宁，她需要相信我不再爱她，相信我从不曾深爱过她。想必唯有如此，她才能对我摆出那种冷漠无感的姿态。

十二月十二日

该做什么？我会成为什么人？何去何从？我无法停止爱她。某些日子里，她的脸庞，她天使般的笑靥，依然令我的心漾满狂喜、爱意和绝望。因为无法对她诉说而绝望。从没有一天，从未有一刻，我可以知晓该怎么对她启口。无论是她还是我，都将自己闭锁在沉默中。有时我心想，这样也好，我能对她说的一切，不过是其他各种痛苦的肇始罢了。

我无法想象自己没有她。我觉得没有了她，我就仿佛从来什么也不是。我的每一个思绪都由她而生。我还可能为谁感到迫切需要说明自己的心意？而为我的思绪赋予如此强大力量的，不就是这种"尽管有那么多爱"的无奈处境吗？

一九二二年

一月三日

玛德莱娜写信给我:"让我感到非常懊恼的,是那些人对你展开的恶意攻势。当然,引起这种攻击的,是你思想的力量,以及它所具有的权威性。啊!倘若你是个无坚不摧的人,我就不会发抖。但你是如此脆弱,这点你很清楚,我也很清楚。"

脆弱……无论过去还是现在,我之所以脆弱,都是因为她。自此以后,我已不在乎一切,我天不怕地不怕……我还有什么好珍惜,还有什么好失去?

八月七日　卡里勒鲁埃

她写来一封信。里头有一句很简单的话,说她把自己从前习惯戴在身上的金项链和小翡翠十字架送给了她的教女萨比娜·施伦贝格

尔 [1]，这句话深深刺痛了我的心。那个我在书里借给《窄门》的阿莉莎佩戴的十字架，我无法忍受另一个人戴着它……我该怎么回信？她不再相信我的爱，也不想知道我心里怎么想。为了远离我，她需要相信我的漠然。我怀疑自己是否曾经比现在更爱她，我痛恨自己让她受了那么多苦，到现在都还得害她受苦。我不再在意任何事；有时我觉得自己与一切都格格不入，仿佛已经死去，而我过去之所以活着，只是因为她。

九月十日　柯尔帕赫

可憎的日子，怠惰，软弱……每天早上醒来都觉得脑袋沉重，比前一天更麻木。被迫在他人面前表演欢欣愉悦的喜剧——事实上，我却

---

[1] 萨比娜·施伦贝格尔（Sabine Schlumberger），纪德好友、《新法兰西评论》共同创办人让·施伦贝格尔的女儿。

感觉所有真正的喜悦都已慢慢在我内心冷却。

蓬蒂尼十日会[1]结束以后，我就再也没有收到过她的来信；我在说什么？好像应该是在离开卡里勒鲁埃以后。也就是说，自从那封宣布把那个小十字架送给萨比娜的信之后，她就杳无音信。她是不是在意我立刻回给她的信里那些责备的话？她是否下定决心不再给我写信？抑或她已经心灰意冷？……我觉得自己被她抛弃了。她在我内心激起的一切，善良的，慷慨的，纯洁的，都重新向下坠落，这个可怕的逆流将我整个人冲向地狱。就像在兰贝里斯[2]时那样，我常常怀疑，她是否凭着某种敏锐的直觉，以秘密的、近乎神秘的方式得知了我在远方所做的一切，或至少是可能对她伤害最重的那件事。

---

[1] 蓬蒂尼（Pontigny），法国中北部一个市镇，1922 年 8 月 14 日至 24 日，纪德在此度过了十天。

[2] 兰贝里斯（Llanberis），英国威尔士的村庄，纪德于 1920 年夏天携马克·阿莱格雷赴英国度假期间来到这里。

　　她送出项链那天，不正是伊丽莎白到耶尔的海滩上跟我会合的那天（七月十六日）吗？从那以后，她便音讯全无。我的内心充满晦暗和泪水。我不喜欢这里的所有人，不喜欢使我与她疏远的一切，不喜欢让她有理由离我而去的一切。

　　今天早上，我想到缺了她的自己是多么没有价值，衡量出我内心的美德是多么匮乏；我终于能明白人与神之间为何需要中介，需要基督新教极力反对的调解人。我也更能理解魔鬼的复杂把戏，明白原来那些最崇高的情感都是他最嫉妒的，他一心只想拿它们来反驳上帝……我不知道还有什么留存在我心里，还有什么能让我期盼。

　　十月三十一日

　　她总是表现得好像我已经不再爱她，我则表现得仿佛她仍然爱我……有时真是令人痛苦不堪。

一九二三年

七月十一日　圣马丹韦叙比

一直以来，我盼望的只有她的爱、她的认可、她的尊重。自从她夺走了这一切，我就生活在一种屈辱中，良善失去了它应得的报偿，罪恶不再丑陋，连痛苦都不再尖锐。我的灵魂麻木不仁，而与之相对应的，万事万物仿佛被消音，不再有任何锋芒透入我的内心，或者说得更确切些，不再有任何事物真正透入我心。现实对我的触动不比梦境更多。我经常觉得，自己似乎已经变成行尸走肉。因为她，我感觉生命的兴味从我身上剥离；自此以后，一切都不再令我在意，我不再牵挂任何事。

一九二五年

一月初 [1]

我不得不承认，倘若今天我将离开人世，我可能感受到的痛苦会比三年前我在屈韦维尔经历的痛苦要强烈得多。玛德莱娜明白吗？我想她不明白。恐怕她认为我的泪水中含有夸张的成分……基于这个原因，从那以后我再也无法与她真正地交谈。

玛德莱娜可能以为那种苦痛（假定她认为那是真诚的感受）会让我重生，可实际上，在那些可怕的日子中，我宛如行尸走肉；于是，我撒手离开了。

从那以后，我成了近乎已死的虚幻存在，飘忽在真实生活的边缘。

"不会有什么好结果。"她多次这样告诉我，仿佛是为了竭力说服自己。这不是真的。相反地，

---

[1] 摘自我在疗养院接受阑尾炎手术时随身携带的小笔记本。——作者注

我一生的苦涩都源自这个可怕的判决。

可憎。

我从未停止爱她，就算在那些我似乎离她最遥远，她也有权如此认为的时日，我还是一直爱她，胜过爱我自己，胜过爱生命；但我再也无法这样告诉她了……

我的所有作品都向她致意。

有时，我会让自己相信，她隐约知道这点，为了让我的思维更能展翅翱翔，她设法使我与她疏离，并使她自己与我疏离；这重新赋予我自由，同时也让她自己重获自由。

在《伪币制造者》（这是我第一本完全没有将她纳入考虑的书[1]）以前，我写的一切都是为了说服她、引导她的思维。那些文字构成了一段漫长的辩词；没有任何书写像我的作品这般源自如此私密的动机。倘若读者看不出这点，

---

[1] 纪德曾在日记中提到，《伪币制造者》是他为马克·阿莱格雷而写的。

那就读不出什么真正的意义了。

二月

……倘若我这次到刚果[1]旅行回不来了，我希望她平时愿意倾听的阿涅丝会告诉她，让她明白，她一直是我在世间最珍惜的人，而正因为我爱她胜于生命，自从她远离我以后，生命对我来说显得如此没有价值。

一九二六年

六月十四日　屈韦维尔

我再度体验到这种奇怪的麻木，思维、意志、整个人，全都变得僵化，而我几乎只在屈韦维尔才会有这种感觉。随便写个笔记也得花上一个小时；写一封短信则要耗掉一上午。我只是出于对她的爱才坚持到现在，我痛苦地感

---

[1] 我的刚果之行被推迟至 1925 年 7 月 14 日，这使我有时间完成《伪币制造者》。——作者注

觉到我在为她牺牲我的创作和生活。该如何是好？我既不能离开她，又无法使她离开屈韦维尔，这是她在世上唯一的避难所，在这里她还有点根基，才不会觉得自己太像个流亡者……

短短几天以前，我还是满腔热血，似乎有能力移山填海。今天，我却心灰意冷。

七月一日

天主教教义渐渐渗入她的灵魂，我仿佛在目睹一块坏疽的蔓延。

每次我离开她一段时间后回来，都会发现又有一些新的区域被感染了，更深沉、更隐秘，永远无法治愈。可就算我有能力，我会企图治愈她吗？我向她建议的健康药方，对她而言难道不是致命的吗？稍微用力都会令她筋疲力尽。

这份按剂量服用的虔诚，这种专供手头不宽裕的灵魂食用的特价套餐，为她带来何等的方便，何等的安宁，她需要付出的力气是多么少！

谁能相信这件事——上帝自己预料得到吗？

怎么可能！那将我牵系于她的一切，那略带游离的性情，那份狂热，那种好奇，那一切难道不是她自己塑造的吗？什么！难道仅仅是出于对我的爱，她才披上那样的外衣？当一切都褪去了，消失了，一个瘦骨嶙峋、面目全非的灵魂暴露出来。

而构成我存在的理由、造就我生命的一切，对她而言都变得陌生，变得充满敌意。

一九二七年

二月十三日

她对我说："单单一个好人的赞许就够了，对我来说只有这个要紧，而你的书得不到这个。"可是，任何人只要赞许我的书，在她眼里，就不再是好人。

同理，针对我人生中最重要的一些行为，她曾如此写道："不会有什么好结果。"然后，无论接下来出现什么结果，她都绝不承认那可能是好的。这便是最终判决。

五月十二日　海德堡

这盘棋输了，唯有同她一起我才可能赢。她缺乏信心，我自以为是。没有必要再自责，惋惜也没用。事情没结果，是因为本来就不会有结果。谁要朝未知前行，就得愿意单打独斗。克勒斯 [1]、欧律狄刻 [2]、阿里阿德涅 [3]，女人总在徘徊，惶恐不安，不敢放手，害怕看到那根

---

[1] 克勒斯（Créuse），18 世纪抒情悲剧《雅典女子克勒斯》的主角。可能源自古希腊神话传说中的同名人物故事，其中最符合纪德文意的人物是埃涅阿斯之妻克瑞乌萨（Creusa）。埃涅阿斯是宙斯七世孙、特洛伊战争的英雄，古罗马诗人维吉尔在《埃涅阿斯纪》中描述他携家人从特洛伊逃出，在逃往城门的路上，克瑞乌萨因速度太慢而消失不见，埃涅阿斯回头找她，她却化为一道阴影，向丈夫预告他未来的人生旅途，并表示自己注定要留在特洛伊。

[2] 欧律狄刻（Eurydice），古希腊神话中的一名仙女，俄耳甫斯的妻子。欧律狄刻遭毒蛇噬足而死，俄耳甫斯是来到冥界，用琴声感动了冥王哈得斯的妻子珀耳塞福涅，后者特许俄耳甫斯将爱妻带回人间，但在走出冥界前不可回首张望。可惜俄耳甫斯没有遵守禁令，导致欧律狄刻又堕入冥界。

[3] 阿里阿德涅（Ariadne），古希腊神话人物，克里特国王之女。她爱上了雅典英雄忒修斯，因此给了忒修斯一个线团，以帮助他杀死迷宫中的怪物弥诺陶洛斯，但最终被忒修斯遗弃。

将她与过往束缚在一起的线断了。她将忒修斯往回拉，使俄耳甫斯转过身。她感到惧怕。

一九三八年

八月二十一日　巴黎

我孑然一身，几乎无事可做，于是决定开始写这本笔记；几个月来，我一直带着它四处跑，希望能写出点不一样的东西。但自从玛德莱娜离开我之后，人生对我而言已经索然无味，因此，我不再写日记，因为再怎么写，也只会反映出焦虑、哀伤和绝望。

她不在人间以后，我只是装模作样地活着，对任何事，甚至对自己，都不再有兴趣，没有胃口，没有感觉，没有好奇，也没有欲望，活在一个幻灭的境地；没有逃脱的希望。

最近几个月，我的所有思绪都是消极的。我不仅将自己的价值寄托在过去，甚至觉得那些昔日的价值也只是想象的产物，不值得我花任何力气去重新捕捉。无论过去或现在，我仿佛一个在臭气熏天的沼泽中沉沦的人，设法在周遭找到固定的、坚实的、可以依靠的东西，什么都好，但不管抓住的是什么，都得被拖着一起陷进那地狱般的泥沼。说这些有什么用呢？唯一的用处恐怕只是让以后某个陷入苦痛、跟我同样绝望的人在读到这些字句时觉得不那么孤单，我想对他伸出一只援助的手。

　　我走得出这片泥沼吗？我经历过一些满是屈辱的时期，那时传道圣徒的呼声在我心中响起："主啊！救救我们吧，我们快完蛋了！"（我甚至知道怎么用古希腊语喊出这句话。）在我看来，要是没有某种超自然力的介入，救赎是不可能实现的。然而我却大难不死。但当时我还年轻。以后的人生又会是如何？

　　我像往常一样紧紧抓住这本笔记，探寻一种方法。这种方法在过去很有效。在我看来，我所做的努力堪比闵希豪森男爵 [1]，他抓着自己的头发，设法将自己从沼泽中拉出来。（我一定已经用过这个意象了。）令人惊叹的是，他居然办到了。

八月二十六日　晚

话说回来，有件事会让我觉得很不公道，那就是把我的哀悼之情当作是导致我这种萎靡状态的罪魁祸首。我的哀痛确实令我萎靡不振，但让我继续维持在这种状态的绝不是它。当我这样说服自己时，我可能并非完全坦诚。我太容易为懦弱找到借口，替懒惰找到掩护。我一直在等待这份哀伤，早就预见了它，然而，尽管悲痛欲绝，我却一直只愿想象自己晚年的笑颜。假如我无法获得平静，我这套哲学就失败了。

---

[1]　闵希豪森男爵（Baron Munchausen）是 19 世纪德国作家鲁道夫·埃里克·拉斯佩（Rudolf Erich Raspe）笔下的虚构人物，出自其最著名的作品《闵希豪森男爵的俄罗斯奇幻历险记》。

诚然，我失去了那位"我生命的见证人"，那个敦促我不要"苟且"过活的人（我在此引用普林尼对蒙田显灵时说的话 [1]），而我也不像玛德莱娜那样，相信我永远能感受到她的眼神，超越死亡，继续跟随着我。但是，正如我在她生前没有让她的爱将我的思维往她的方向拉扯一样，在她走了以后，我同样不该让关于那份爱的回忆用比她的爱本身更强大的力量压制我的思想。即使我得唱独角戏，这出喜剧的最后一幕也不会逊色。我不能回避这场演出。

---

[1] 原句为"我已失去人生证人，自此恐将活得更苟且"。这里的普林尼是指俗称"小普林尼"的公元 1 世纪罗马律师、作家和议员盖尤斯·普林尼·凯基乌斯·塞孔都斯（Gaius Plinius Caecilius Secundus）。他的许多信件流传后世，成为研究罗马帝国社会文化的珍贵史料。他从小被舅父"老普林尼"收养，老普林尼是作家兼博物学家，以百科全书巨作《自然史》闻名。

一九三九年

一月二十六日　马赛

离开巴黎以前，我把《日记》校样的审阅工作完成了。重读时，我觉得，把所有与玛德莱娜有关的段落系统地删除（至少是在我哀悼那份失去[1]以前）导致整部日记显得并不真切。对我人生中的秘密剧目的少量影射也变得令人费解，因为能加以说明的元素不见了；我呈现的是一个残缺不全的自我，无从理解，或说令人无法接受，原本该在我心中燃起火焰的地方，只剩下一个空洞。

---

[1]　应指玛德莱娜烧毁信件的行为。

纪 德 日 记 选

——灵魂是座演习场

Journal: Une anthologie

(1889–1923)

我在两难中挣扎：

人应该追求道德，还是真诚。

我相信，每一代新人的到来都是为了传递信息，必须像分娩一样把这个讯息"生"给我们；我们的角色则是协助分娩顺利完成。我相信我们称为"经验"的东西往往不过是不愿承认的疲惫，一种挫败感，一种听天由命的心态。

我相信，并不是我们要去教化青春，而是我们这些前辈应该从青春身上寻求教导。

《纪德日记选》节译自 Journal: Une anthologie (1889–1949)，中文版本在此基础上进行了针对性节选。另，部分日记选段的日期与星期数存在不对应的情况，原文如此。

一八八九年

秋天

跟皮埃尔[1]一起。为了找个可以容纳文社
的地方，我们上了亲王大人街一栋房子的七楼。
那上面有一个大房间，由于里面没摆家具，看
起来格外宽敞。门左边的天花板往下倾斜，就
是芒萨尔屋顶[2]的样式。最底下有个活门，通
往瓦片屋顶下方沿着整栋房子延伸的阁楼。对
面是一扇高窗，望出去可以看到医学院的屋顶、
拉丁区的楼宇、后方一望无际的灰色房屋、斜
阳中的塞纳河和圣母院，以及更远处在暮霭中
依稀可辨的蒙马特尔。

我们俩在这样的房间里重温了穷学生的生

---

[1] 即皮埃尔·路易（Pierre Louÿs），出生于比利时的法语诗人、
  作家，作品以古典题材闻名。纪德和王尔德的好友，在《如
  果种子不死》一书中写及三人诸多交往细节。——编者注
[2] 芒萨尔屋顶（Mansard roof），又称法式屋顶、复折式屋顶，
  是一种弧形四坡屋顶。在文艺复兴时期的法国就已产生，后
  由建筑师弗朗索瓦·芒萨尔推广。

活——只有一点钱维持自由创作的生活方式。巴黎铺陈在桌前，在脚下。就这样在那里带着创作之梦闭门造车，直到作品完成才走出那扇门。

仿佛能听见拉斯蒂涅从拉雪兹神父公墓的高地上发出的呐喊，笼罩着整座城市："现在……就看咱俩的了！"[1]

一八九〇年

一月，拜访魏尔伦[2]

我总是隐隐约约地感到，我把自己的痴狂传递给他人，但他们内心并没有那种激情。当然，皮埃尔是个例外。在不断点燃他们的企图中，我

---

[1] 拉斯蒂涅是 19 世纪法国文豪巴尔扎克在《人间喜剧》系列小说多部作品中刻画的人物，首次出现于 1835 年出版的《高老头》。在该书情节中，高老头埋葬在拉雪兹神父公墓后，二十二岁的拉斯蒂涅豪情万丈地喊出这句话，然后不顾一切地奔向上流社会。

[2] 保罗·魏尔伦（Paul Verlaine），法国著名诗人，与兰波一度关系亲密，后因开枪射伤兰波入狱两年。——编者注

几乎以为他们的热情与胆识达到了我的水平。

倘若安德烈·瓦尔克奈尔[1]提笔写作，定会一鸣惊人。不过，他没感受到写作的需要；其他人的著作对他而言已经足够了。莱昂·布卢姆[2]说他不知道。他还在寻找，还在摸索；他太聪明，却不够有个性。法齐[3]以太过细致的方式模仿孟戴斯[4]，以至于我们无法分辨作品中哪些东西属于弟子、哪些出自师父。德鲁安[5]以魅力十足的方式叛逃，他的谦逊坦率而真挚，令我更加喜爱他。总之，期盼一一落空，留我独自一人。

然而，我如此狂热，也如此天真；我陶然自得，不相信自己会失败。假如我更有才智，

---

[1] 安德烈·瓦尔克奈尔（André Walckenaer），古文献学者，纪德姨妈妈克莱尔丈夫的外甥。

[2] 莱昂·布卢姆（Léon Blum），法国政治家、文学评论家，法国第一位社会党总理。

[3] 埃德蒙·法齐（Edmond Fazy），瑞士籍记者、作家。

[4] 卡蒂勒·孟戴斯（Catulle Mendès），法国诗人、剧作家。

[5] 马塞尔·德鲁安（Marcel Drouin），法国作家、哲学教授，《新法兰西评论》创始人之一。

更有天分，特别是更柔软，个性不那么急于表现——我本可以跟路易一起（甚至独自）把杂志办起来，我可以身兼数职，而且不让人起疑……然而，这终究只是玩笑；我恐怕没法坚持下去。

我的自尊心不断受到千百种幽微的刺激。竟然不是所有人都已知晓，未来我希望成为什么样的人，我将成为什么样的人；他们观察我时，竟然无法预见何种著述即将出现。这些都为我带来荒谬的痛苦。

三月十八日

我活在等待中，什么也不敢开始写。我甘愿把全部时间都献给《阿兰》[1]，但我总告诉自己：再过两星期，我就会发愤图强！想到后来我连劲儿都没了。唉，与它搏斗的漫长时日！我的眼前总是浮现出它的身影，把我当下的创

---

[1] 指《安德烈·瓦尔特笔记》，纪德的出道作。

遣悲怀

作都搞砸了。

我的作品充斥着我的心神。它在我脑海中翻搅。我没法再阅读，没法再写作；它总是挡在书本和我的眼睛之间。这是一种精神上难以忍受的焦虑。有时，我会有股想要抛下一切的冲动，想立刻放弃一切，取消所有课程，推掉所有要去拜访的人，像"被关进象牙塔那样"把自己封闭起来，构思我的观点……然而，我只有在陌生的、未曾体验过的环境中才能做到这件事。我的知觉必须失去坐标，否则我就会落入过去的轨道，反刍记忆的幻梦。生活对我而言必须是崭新的，周遭的一切都不能提醒我世界上还有其他事物。某种在绝对状态中创作的幻想。

可要到哪儿去呢？梦中的密室：到科斯，还是到多菲内？我想过在巴黎发现的那个小房间，可那太靠近社会活动了，想要在那里隐姓埋名毫无可能；我的心神将会太焦虑……还没找到理想地点以前，或许先到莫特方丹待一周吧。

可以确定的是，十二天以后，十四天以后，我将抛下所有课程，所有羁绊。

现在，我的精神真的非常紧张，我很怕它会摔下来压在我身上，怕它在某个时刻塌陷……

五月八日

创作时必须锲而不舍、一气呵成，不让任何东西分散注意力；这才是让作品协调的办法。然后，一旦作品完成，暂时尘埃落定，还得锲而不舍、贪婪地读它，仿佛长时间斋戒后大吃一顿，一直读到最后一个字，务必要对全部内容熟稔于心。一些想法又会涌出，必须任由它们发酵；很快，其中一个就会占上风。然后要重新提笔。正式写作时，要刻意停止阅读。我觉得这个时候阅读会导致无谓的搅扰，会使所有想法重新在我的脑海中激荡。没有一个想法能脱颖而出，也没有一个能持续很久。这种流动让我意识到这些想法的相对性。创作时，勾留住你脚步的思绪必须唯你独有。创作者必须相信他是在绝对状态中进行创作。

十一月底

寓意

第一点：必须有寓意。

第二点：寓意旨在分清事物的轻重缓急，借由较不重要的部分厘清主旨。这是一种理想的策略。

第三点：绝不可忘记目标。绝不可偏重手段，以免顾此失彼。

第四点：将自己视作手段，因此绝不可偏重自己而忽略选定的目标，忽略作品本身。

（这里姑且留白，要说的其实是作品的选择以及自由选择这个作品的问题。目的是表述。然而……我们真的有选择权吗？）

思考自己的救赎。

一八九一年

六月十日

有一个印象我得记下来（不过就算不记下，我也不会忘了它），那就是从门窗紧闭的房子里发出的钢琴声（于泽斯弗洛家的房子）。百叶窗打开，琴声回荡。气味，特别是气味：提花装饰布和老鼠屎的气味。还有那没调好的琴音；一种衰弱无力的、颤抖的声音。用来弹奏巴赫倒是完美。

有件事我很确定，皮埃尔·路易是个务实到骨子里的人，可我完全不是。不过，我并不希望那样。我以务虚为荣。所以，我不会为他得到的那些我憎恶的利益而后悔。有些东西是我永远得不到的。啊！要是我能说服自己相信这点就好了。可这太难了。至少我不会自毁颜面，显露出我想要那些东西的样子。人应该紧紧守住自己的处事态度，就像巴尔贝·德·奥勒维利[1]穿礼服时非得把束腰带系紧不可。

话说回来，在务实这个层面上，我经常把自己搞得又狼狈又可笑；一开始行动时，我十分大胆，付出第一次努力后，我就停住了，奈何只有第二次努力会带来实质利益。我认识了很多人，但会疏于和他们保持联络，因为那些人让我觉得无聊。

我一直无法说服自己相信某些事物的真实存在。好像总觉得，我不再去想它们的时候，它们便不存在了；或者至少可以说，我不再关心它们的时候，它们也就不再关心我了。世界对我而言是一面镜子，当它把我照得面目全非时，我会大吃一惊。

一个人应该只想要一样东西，而且要不停地追逐它。这样你就一定能得到它。可我什

---

[1] 巴尔贝·德·奥勒维利（Barbey d'Aurevilly），法国作家、诗人、文学评论家、记者。于 19 世纪后半叶积极提拔文坛后进，时称"文学总管"。

么都想要，所以什么都得不到。我总是发现得太晚——某个东西降临时，我正在追逐另一样东西。

路易有个窍门，让他做什么都成功，那就是为自己预设一个立场：带着喜好与热情，渴求一切对你有用的东西。

我得停止为了效仿司汤达而一直（在这本笔记里）挥洒自己的傲气。模仿精神得谨慎提防。不该因为别人做了某件事而去做它。必须从伟人生命中的偶然事件里设法捕捉和挖掘真正的道理，而不是模仿一些琐碎的行为。

敢于做自己。我也该在自己脑袋里强调这一点。

别为了卖弄而做任何事；不要为了让自己轻松而创作；模仿心理、为反对而反对的虚荣心态，这些都不行。

不做任何（道德或艺术上的）妥协。

六月十八日

我坐在咖啡馆（梅迪西斯广场^[1]）外面读司汤达，我发现要想认真工作，这种地方虽不甚恰当，却妙不可言。

要让自己无可非议。

七月十日

重新开始写作。我是因为精神上的懈怠而中断这个工作的。我应该从心理健康的角度出发，强迫自己每天在这个本子里写几行。

七月二十二日

梅特林克^[2]向我朗读了《七公主》。

---

[1] 纪德在此写的"梅迪西斯广场"（place Médicis）不是正式地名，而是指巴黎紧临卢森堡公园的梅迪西斯街与圣米歇尔大道（boulevard Saint-Michel）交会处的街口，1924 年起被称为埃德蒙 — 罗斯丹广场。这里是纪德的诞生地。

[2] 莫里斯·梅特林克（Maurice Maeterlinck），比利时法语诗人、剧作家，1911 年诺贝尔文学奖获得者。《七公主》是他创作的象征主义戏剧。

　　昨天去了布鲁日和奥斯坦德。一到某个新的城市，一种强烈的烦闷和阴沉的倦怠感就会把我压垮，只剩下想要立刻走人的欲望。我带着无尽的苦恼在街上艰难地行走。这些景物再怎么美不胜收，一想到是独自欣赏它们，我就感到害怕。我觉得自己是在剥夺玛[1]本该和我一块儿享受的快乐。

　　布鲁塞尔[2]

　　凡·艾克的《亚当与夏娃》。

　　戈雅的《宗教法庭场景》，还有《少女画像》。

　　霍弗特·弗林克的《金匠一家》[3]。

---

[1]　玛（Em）是艾玛纽埃尔（Emmanuèle）的昵称，指纪德的妻子玛德莱娜。

[2]　纪德参观布鲁塞尔皇家美术馆。以下所列画作中有些后来迁至其他美术馆。

[3]　纪德后来在 1929 年 9 月 30 日的日记中提到，这幅画原本被认为是霍弗特·弗林克（Govert Flink）的作品，后归于比塞（Bisset），然后又被笼统称为"弗拉芒画派作品"。目前布鲁塞尔皇家美术馆将其列为扬·德·赫特（Jan de Herdt）的作品。

弗林克。恶意的绘画。当人们说"他很有
个性"的时候，其中必定带了一点恶意。为了大
胆坚持自我，人不得不打破一些东西。

戈雅：《宗教法庭》。什么都说了。

我不该把这种客观的描述写进这本笔记，
可这些画作都成了我的。我用它们充实了自己。

莱斯河畔昂村洞窟
刚把《战争与和平》看完了。
旅行的第一天开始读，最后一天读完。我
想，我从不曾在书里经历这么多。真的，我并
没去旅行。那天，在著名的洞窟里，我根本没
法用心看；我心里惦念着叔本华，他在车里等我。
为了看某个景致而停止阅读，这令我觉得恼火。
不过，之后我会以自己的方式，用这些我
所窥见的景象重新塑造出几个必要的景致。

九月四日

脑袋里一个字、一个名字都没了。感觉自己单调而空洞，仿佛某种抽象概念。大半天时间里，没头没脑地反复咀嚼某种乏味的情绪。

感觉自己精神贫乏，但并不以此为耻。

十月八日

一个多月没写日记了。谈论自己令我厌烦。日记在有意识、有意志、有困难的心智状态演变过程中有用处；我们想知道自己走到哪里了。可现在我只是在反复咀嚼自己的东西。私人日记在记录想法萌生时特别有意思，不然就是记录青春期那种感官苏醒的情形，再不就是在人觉得自己快要死去时做记录。

我身上已经不再有什么戏剧性了，只剩一些想法在反复翻搅。我不再需要写自己了。

我的表姐妹们走了。我不敢向自己承认，终于又能独处是多么幸福。从翁弗勒尔回来以后，我的思想非常活跃，这感觉美妙无比，而且比我正在阅读的东西更令我开怀。我重新投入工作和阅读。我很严肃，近乎悲伤；有点怯生生的感觉，仿佛睡得麻木了。

我的思想活跃而坚定。我开始战斗；我必须一直战斗下去。我重新投入《论那耳喀索斯》的创作，我相信我会走出来。

其他人的存在很快就要让我无法承受了；我想我最终会变成一只熊。我在每个人面前都会激动、烦躁，真是可笑至极。我觉得自己从未这么在意别人的想法。我在这方面实在谈不上有什么进步。

一想到我们所处的当下将成为我们日后辨识自己的一面镜子，我就感到恐惧。还有，以后的我们将从自己过去的身影中认识自己。每解决一件事，我都感到焦虑，想知道那是否确实是我该做的事。

十二月三十一日

开始写作以后，最难的就是保持真诚。我们必须反复推敲这个想法，定义什么是艺术创作上的真诚。我暂时得到了这样的结论：文字永远不应先于思想。或者说：文字必须始终为思想所必需；必须使文字具有不可抗拒、无法消弭的特质。句子也一样，整部作品也是如此。就艺术创作者的人生而言，他的天职必须是不可抗拒的，他无法不写作（不过我希望他首先会抗拒自己，并为此受煎熬）。

几个月来，对不真诚的恐惧一直折磨着我，使我无法写作。要保持绝对的真诚……

一八九二年

一月一日

我认为王尔德对我有百害而无一利。当我和他在一起时，我不再知道怎么思考。

一月三日

我担心我不知道自己会成为什么样的人；我连自己想成为什么样的人都不知道。可我知道，我必须做出选择。

一个人的一生就是他的形象。大限将至时，我们将透过往昔看清自己，而当我们俯视一生所作所为构成的那面镜子时，我们的灵魂将认出我们是谁。

于是我隐约窥见一件事，它仿佛（艺术家的）一种经过颠倒的真诚。我们可以这么说：他无法依据自己的实际经验讲述自己的生命，而是准备按照自己将要讲述的方式去生活。换句话说，他的肖像，也就是他的生命样貌，应该等同于他所渴求的理想图像。说得更简单点：让它成为他想要的自我意象。

一月六日

我发现智慧和才智有这么一个差别：智慧就其本质而言属于自我的范畴，而才智的前提是交谈对象必须聪明。

由此可得：智慧能用来阐释（丹纳[1]、布尔热[2]……）；才智只能陈述（十七世纪）。

人有了才智才能把话说好，有了智慧，才能好好倾听。

一月十一日

我在两难中挣扎：人应该追求道德，还是真诚。

道德旨在推翻自然存在（古老人类），建立比较完善的人为存在。但这样一来，我们就不再真诚了。古老人类才是真诚的人。

我想到这点：古老人类是诗人。新人类——

---

[1] 指伊波利特·丹纳（Hippolyte Taine），法国文艺理论家、历史学家。

[2] 指保罗·布尔热（Paul Bourget），法国诗人、小说家和评论家。

我们偏爱的那种比较完善的人类——是艺术家。必须让艺术家取代诗人。正是这二者之间的斗争造就了艺术。

慕尼黑（第二天），五月十二日

我之所以不再写日记，之所以对写信感到恐惧，是因为我不再有个人情感；除了我想要拥有的情感或他人的情感之外，我不再有情感。

"切勿评判。"一切评判都是对我们自身弱点的见证。

我总是几乎同时看到每个想法的正反两面，而我的情感总是在内心形成两极。

五月十五日

肉体的烦扰、心灵的忧虑，这些都还可能持续，但只有在我们继续相信这些东西的重要性时，它们才会变得有趣。

事物的价值取决于我们为它赋予的重要性。偏袒某件事物就是从中一一撷取自己的所有思绪，使它最终能静静地容身于我们的灵魂，再也不会激起波澜。

诗人有两种真正非凡的能力：他获准在任何他想要的时候纵身一跃，而不会迷失自我；此外，他能够有意识地保持天真。这两种能力可以化约成一个：将自己一分为二的天赋。

能够喝到如此沁人心脾的饮料，一辈子就这么两三次吧。

南锡，十一月（服兵役）
艺术作品是一种夸大。

一八九三年

蒙彼利埃，三月

……为我每一份悲哀的喜悦赋予罪恶的所有酸楚。

……而我最大的喜悦无不是孤独而忧虑的。

我一直活到二十三岁都还是处男之身，而且彻底地堕落；我简直发狂似的，无论走到哪里，都在设法找一具肉体，让我能把双唇印上去。

巴黎，四月底

现在我要祈祷（因为这还算得上是祈祷）：主啊，请让这太过狭隘的道德观破灭吧，让我活着……啊！完全地活着；请赐予我力量，让我能这么做，而且……啊！无所畏惧，不要总觉得自己会犯下罪孽。

现在的我得强迫自己才能获得欢愉。快乐对我而言是一种痛苦。

终于走出梦境，活出强烈而饱满的生命。

四月二十九日

年少轻狂啊！你对我的肉身造成致命的磨损，可当不再有任何事物将灵魂诱离上帝时，它会变得何等衰竭！

五月四日

到卢浮宫时要随身携带笔记本，才能更认真地研究绘画史，过去我一直不够认真。钦佩之余不宜怠惰。我想要从阐释者而非批评家的角度研究夏尔丹[1]；不研究风格，而是透过惊奇

---

[1] 让·西梅翁·夏尔丹（Jean Siméon Chardin），法国画家，被视为18世纪欧洲最重要的画家之一，以静物画、风俗画及水彩作品闻名。

的眼光进行观察，然后向自己诠释所见之物。

在伟大的人物面前，保持专注和虔诚的态度总是有益的。

五月二十八日

我们无法摆脱任何忧虑。它源自我们内心，而非外部世界。我们心灵的构造使它容易被任何事物撼动，而唯有在孤独中，它才能找到几分安宁。然而这时上帝又来为它制造烦忧。

我对艺术作品的喜爱源自它的平静；没有人比我们更希望得到安宁，却也更热爱焦虑的感觉。

我花了整个青春设法向别人证明某些情感，那些情感我在当时或许拥有过，假使在竭力证明它们的过程中，没有将它们全部扼杀的话。

六月三日

天天写日记，年复一年，这样并没有用；

重要的是，在某个人生阶段，日记应该写得非常严谨，一丝不苟。我之所以有很长时间没写日记，是因为我的情感变得太复杂了，写下来会花掉太多时间；我不得不进行简化，但这样一来，它们就失去了原有的真诚。这已经是一种文学式的加工了，这样的东西不能称作日记。

我的各种情感像宗教般敞开。没有别的说法可以更好地表达我的意思，尽管以后我可能会觉得无法理解。这是一种泛神论的倾向；我不知道最终自己是否会走到那里，我认为这更是一种过渡状态。

……今年我原本的打算是努力、用力朝欢乐奔去，纵情投入生命的怀抱，因为我告诉自己，生命是美好的。

翁弗勒尔，街上

某些时候，我仿佛觉得周遭的其他人之所以活着，只是为了增强我对自己私人生活的感受。

寂静无声的伟大作品。

等待作品静默下来，再下笔。

"肃穆……"弗罗芒坦[1]提到范勒伊斯达尔[2]时这么说，"如果要谈他，一定得回到这个词。"而我喜欢德拉克洛瓦[3]，我会说："他的作品中有一种不存在于人类身上的肃穆"。

我在出发前把日记整个重新读了一遍；我感到一股难以言喻的反感。我唯一能看到的便是骄傲；不管是内容的深度，还是文采，我总爱表现出某种程度的自命不凡。我对形而上思考的自负心态是荒唐的；不断分析自己的思想，缺乏行动力，一堆道德教训……一旦从中跳脱，这些都变成天底下最乏味、最令人厌烦，而且

---

[1] 欧仁·弗罗芒坦（Eugène Fromentin），法国东方派画家、作家，因为对阿尔及利亚风土人情的描绘而闻名。

[2] 雅各布·范勒伊斯达尔（Jacob van Ruysdael），荷兰黄金时代的风景画家。

[3] 欧仁·德拉克洛瓦（Eugène Delacroix），法国浪漫主义画派的领袖，代表作《自由引导人民》。

几乎无法理解的东西。

因此，我开始盼望自己能不再顾及自己；想做某件事时，不必再苦于厘清那样做到底是对是错。就单纯地去做，不要管其他的！

我渴望把日记写好，结果把所有真诚的成分都剥除了。这些文字不再有任何意义，因为从一开始连写作质量都没有达标，没有任何文学价值；到头来，所有文句无不在期待未来某天能被戴上荣耀的冠冕，为其赋予兴味。这真是彻底的可鄙[1]。

所有事物本身都蕴含圆满的可能性。

在卢浮宫……在每幅画中设法寻找画笔离开画布后还留存在那儿的几缕生命力。

事物的价值应该取决于其中所含的生命强

---

[1] 后来我把这本日记几乎全烧了（1902 年）。——作者注

度。而且这里所谓生命是指艺术家的生命，或他所描绘的对象的生命。

九月九日

重读易卜生的《群鬼》时，我感触良多。我是在母亲和昂莉阿姨面前读的，不过必须小心，不要在阅读那些耸动情节时太过心花怒放。若想撩拨事物，应该推波助澜，而不是横冲直撞。任何时候我们都该考虑到心灵和身体的惯性。冲撞的结果经常是把它们毁坏，就这么简单。必须能动人心弦。

拉罗克 [1]

我想在《爱的尝试》里展现作品对作者的影响，而且是在书写过程中产生的影响。当作品从我们身体里长出来时，它会改变我们，改

---

[1] 纪德在这里曾经拥有母亲家族留下的祖产，于 1900 年出售。纪德在 1896 年至 1900 年间还当过这里的镇长。

变我们的生命轨迹；就像我们在物理学中看到的那样，那些悬挂着的装满液体的活动瓶在排空时，会受到与所装液体流动方向相反的冲力。我们的行为会带来反作用力。乔治·艾略特说过："我们的行为在我们身上产生的影响相当于我们对它们所施加的影响"。

所以我曾感到悲伤，因为有个梦想折磨着我——它有关不可能实现的喜悦。我把它表述了出来，于是将喜悦从梦想中抽离，把它变成了我自己的。我的梦想因此消失，我因此获得喜悦。

一旦向某个事物施加作用力，后者就不可能不对施力的主体产生反作用。我想说明的就是这种相互性；不是与他人关系中的相互性，而是涉及与自身的关系。施力主体是自己；产生反作用力的事物是某个想象出来的主体。因此我所提出的是一种对自己施力的间接方法；一个简单的轶事。

吕克和拉谢尔[1]也想满足他们的欲望。当我写出我的欲望时，我是用一种理想化的方式满足了它；而他们梦想着那个只看得到栅栏的公园时，却想要真正地闯进去。他们未能从中感受到任何喜悦。我个人相当喜欢看到艺术作品的主题像这样在人物层面上得以呈现。这是清晰展现主题的最好办法，而且可以扎实无比地确定作品整体的比例。因此，在荷兰画家梅姆林或昆廷·马西斯的某些作品中，除了画家描绘的场景本身，一面幽暗的小凸面镜也映照出房间内部的人和物。贝拉斯克斯的画作《仕女图》也是同样道理（不过性质略有不同）。最后，在文学中，以《哈姆雷特》为例，里面的喜剧场景具有类似的作用，在其他一些剧作中也一样。比如歌德的《威廉·迈斯特的学习时代》里的木偶戏或城堡庆典。还有爱伦·坡的《厄舍府的倒塌》中，主人公向罗德里克诵读的故事等等。

---

[1] 《爱的尝试》中的角色。

不过这些例子都不算绝对精准。有一种比喻能够更精确、更妥善地表达出我在《札记》《论那耳喀索斯》《爱的尝试》中所追求的叙事手法，那就是一种称作"套层镶嵌"的中世纪盾形纹章制作方式——在大纹章中嵌入一个相同形状的小纹章。

这种主体为自己施加反作用力的叙事手法一直很吸引我。这是心理小说采用的典型结构。一个怒火中烧的人讲出一个故事，这便是一部作品的主题。光是一个人讲故事是不够的，还必须是一个愤怒的人，而且这个人的怒气和所讲的故事之间必须有明确的关联。

拉罗克，星期六

今年，我把所有力气都花在这项艰巨的任务上：把宗教中由于因袭成规而设置在我周遭的那些无用、太过狭隘、过度限制我天性的东西全部摆脱，同时完整保留一切还能教化我、强化我的东西。

我用整个青春岁月在我内心的两个部分之间制造对立，但它们也许巴不得能和睦相处。基于对争斗的喜爱，我想象出一些斗争，并把我的天性分化了。

九月十三日

寓意

歌德明白，独特性会造成局限；如果他要追求个性，他就只是某个人。他让自己像潘神[1]一样，随时随地寓居于万事万物中；他从身上驱除了所有局限，到最后只剩下世界本身的局限。他变得平庸了，但只是在表面上如此。

---

[1] 潘神（Pan），古希腊神话中的牧神，诸神信使赫尔墨斯之子。潘神拥有人的躯干和头部，山羊的腿、角，掌管森林、田地和牧群，常常藏匿在树丛中。

企图过于快速地靠这种表面上的平凡生活，会衍生一种危险。如果我们不吸收一切，我们就会完全迷失在其中。心灵必须比世界更广大；它必须足以海纳世界，要不然它就会可悲地消融在其中，连独特性都再也谈不上了。

九月二十一日

歌德认为，比起艰辛而痛苦地对抗他人的困苦，自己的幸福景象更能有效促进他人的幸福。

莫扎特的喜悦：一种能持续的喜悦。舒曼的喜悦是虚弱无力的，它只在啜泣声之间出现。莫扎特的喜悦源自安宁喜乐，他的乐句就像是宁静的思维，那是一种清明透亮的东西，所有情惑虽仍在其中交融，却仿佛早已进入天堂的境界。"节制之道在于像天使般受感动。"儒贝

尔 [1] 如是说。要想真正理解这句话，就得想想莫扎特。

思索喜悦是我必须持续专注的事。

蒙彼利埃，十月十日

我不再将我的种种欲求称为诱惑，不再抗拒它们，相反，我竭力追随它们。傲气在我眼中不再显得那么讨喜。或许我错了，但在这种被宗教的利己主义填满的繁复形式中，我只能看到束缚与局限。

我坚持这句话：满足各种力量；这就是我现在的道德。于是，我不再需要任何道德；我要强而有力地活着。啊，美丽！啊，欲望！愿你们扰乱我的灵魂！

我就像一个抛弃船桨、将自己托付给浪涛

---

[1] 约瑟夫·儒贝尔（Joseph Joubert），法国道德家、散文家。

的水手。他终于愿意花时间慢慢瞭望海岸了。他划船的时候什么也不看。

在安泰讷山口跑步。一匹灰马的头。马儿低头吃松虫草。

爱默生，晨间阅读好材料。

一八九四年

纳沙泰尔，九月

最美的东西从疯狂中呼啸而出，而后用理性书写而成。必须设法处于这两者之间，做梦时冲向疯狂边缘，写作时尽量逼近理性。

我认为《帕吕德》[1]似乎是一部病人的作

---

[1] 纪德创作的一部中篇小说，法语原名是 *Paludes*，古法语有"沼泽地"之意，因此又译作《沼泽地》。

品，因为现在要再度提笔写它时，我感觉很痛苦。这从反面证明了我现在的状况很好；创作热情一刻也没有抛弃我，只有这部刻意缩短的作品令我感到特别煎熬。我终于不再为写作的动机而苦恼了；这是一种从墓穴中爬出来的感觉。

纳沙泰尔

即便在这里，秋天依然有其迷人之处。今天傍晚，我爬上了俯瞰小城的树林。我沿着一条大路前行，路的一侧种了成排的红皮椴和胡桃树。胡桃树的叶子几乎掉光了；有人拿着长杆把胡桃打下来，孩子们在地面上把胡桃荚捣开，从中散发出碘化钠的气味。温吞的风吹拂着。树林附近，有人在田间劳动。路人扯着嗓子，相互打着招呼；似乎有孩童的歌声从更远的地方传来。我想起屈韦维尔和拉罗克，此刻没能身在那里令我异常哀伤；在这个时刻，家乡人民应该也在凝视美丽的森林边缘，然后缓步走回家。他们的桌上摆好了台灯、茶，还有别人写的书……

　　假使道德不容许也不传授如何以最伟大、最美丽、最自由的方式运用及发展我们的力量，那么我再也不想了解这种道德。

　　纳沙泰尔，十月
　　真理属于上帝，思想属于人类。某些人混淆了思想和真理。"思想产出真理，因此真理在思想之后，不是吗？"（莱布尼茨[1]，《人类理智新论》）

　　十月十三日
　　我的灵魂：一座演习场。

---

[1]　莱布尼茨（Leibniz），德国哲学家、数学家，研究领域遍及法学、历史学、生物学、语言学等40多个范畴，被誉为17世纪的亚里士多德。

美德与罪恶较劲。当个林叩斯[1]吧。

过去的历史，就是人类传递的所有真理的历史。

担负起尽可能多的人性。这是准则。

拾遗

工作室里没有艺术品，或者说是少之又少，都是些很严肃的：（没有波提切利）马萨乔[2]、米开朗琪罗、拉斐尔的《雅典学院》。再不就是几幅肖像或几张面具：但丁、帕斯卡尔、莱奥

---

[1] 林叩斯（Lynceus），古希腊神话中埃及国王埃古普托斯的儿子，也是后来的阿耳戈斯国王。他的妻子许珀耳涅斯特拉是达那俄斯的五十个女儿中唯一没有杀死丈夫的人。

[2] 马萨乔（Masaccio），15世纪意大利文艺复兴时期的伟大画家，被称为"现实主义的开荒者"。

帷尔迪 [1]；巴尔扎克的照片，还有……

　　除了字典，没有其他书籍。没有任何东西可以分散注意力或吸引人。除了工作，什么都不能引起兴趣。

　　想象（对我来说）鲜少先于想法；令我激昂的是想法，绝不是想象。倘若只有想法而没有想象，便不会产生成果；那是一股缺乏效能的灼热。作品的构思即为它的构成。

　　一旦作品的构思成形，我的意思是说，一旦作品被组织起来，接下来的创作就只是删去一切对其有机体系没有益处的元素。

　　我很清楚，使艺术家具有独创性的一切都是额外出现的东西；但是，倘若你在写作时思

---

[1]　贾科莫·莱奥帕尔迪（Giacomo Leopardi），19 世纪意大利杰出的浪漫主义诗人、散文家、哲学家。

索自己的特性，那你是在白费功夫。如果这种特性是真诚的，那么它一定会自然而然地流泻出来，而且，在艺术创作领域，耶稣这句话同样有理："因为凡要救自己生命（自己灵魂）的，必丧掉生命。"[1]

一八九五年

七月二十日，凌晨三点

人有四分之三的生命是在为获得幸福而做准备，可这并不意味着最后四分之一的人生就能过得快乐逍遥。我们过于习惯做这种准备工作，于是当我们准备好自己的部分时，我们就会去帮别人准备，结果开始享受人生的时间点一直被推迟至死亡之后。这就是为什么人类需要相信永生。伟大的智慧在于明白真正的幸福不需要任何准备，或说仅仅需要些许私密的

---

[1] 参见《新约·路加福音》第9章第24节。

准备。

人类极其善于阻挠自己的幸福。在我看来，人越是无法承受不幸，就越容易驯服不幸。（我在这里指的还是其他人；我总是让自己的幸福绝对独立于事物之外，因此，我觉得幸福是一件很简单的事。）

我们与自己的行动紧紧相随，就像磷光紧随于磷。不错，它们使我们受到了耗损，但也构成了我们的光辉。

我们能理解这一点吗？每一种感觉都是无限存在的。

消除功利思想。它是对心灵的一大阻碍。

人生最崇高的境界并非源自对他人的爱，而是源自对责任的爱。

行旅笔记（一八九五年至一八九六年）

一八九五年

十二月十四日

跑过连接皮蒂宫与乌菲齐美术馆的廊道[1]；帕拉蒂纳美术馆令人赞叹。在乔尔乔内[2]的画作《田园合奏》中，左侧男子的头部呈现出妙不可言的质地。所有的色调融合成一种前所未有的新色彩，画布上的每一处都显得独特无比；不同的色调如此紧密地联结在一起，想增减任何一笔都不可能。观者的视线沿着前额、太阳穴、柔软的发梢看去，找不出任何类似缝合的痕迹，就像是熔成液态的珐琅被涂抹在画布上。

---

[1] 皮蒂宫及乌菲齐美术馆均为位于意大利佛罗伦萨的文艺复兴风格宫殿

[2] 乔尔乔内（Giorgione），15 世纪意大利文艺复兴时期的威尼斯画派画家，与提香先后师从于乔瓦尼·贝利尼。《田园合奏》据传就是他与提香共同创作的作品。

站在作品前，我们无法思考任何事。这就是艺术杰作的本质：具有排他性，令其他形式的美自惭形秽。

十二月二十三日

我喜欢在阿尔诺河畔久久凝视河水在拦坝处翻腾时激起的浪花。拦坝斜跨河道，因此河水会在一侧汇聚；大坝成了一个凸起，靠着河壁，边缘凹陷，于是河水呈螺旋状，原地打转，形成一个固定的波浪形状。这个固定的形状看起来非常令人赞叹，穿过它的液体稍纵即逝。大海的情况与此相反，水滴一动不动，或说至少会回归原点，只有波浪的形状在水中起伏。

十二月三十日

用完午餐，我们返回巴杰罗美术馆。多纳泰罗的《大卫》令人叹为观止！优雅的青铜躯体！美丽的裸体，东方式的优雅。帽子的阴影遮住了眼睛，眼神迷离，显得虚无缥缈。还有荡漾在唇角的笑意，线条柔美的脸颊。

他的身躯小巧玲珑，略显孱弱、拘谨；冷硬的青铜。精雕细琢的护腿甲只覆住小腿，露出的大腿因此显得更柔美了。

那么大胆不遮羞的装束甚为奇异，握着石头和长剑的小臂略显僵硬。我真想随心所欲地把他召唤到我面前。我看了很久——设法了解、设法记住那些曼妙的线条，肋骨下方的腹部因呼吸而凹陷的褶皱，连接乳头顶端和右肩的紧实肌肉，大腿上端那条有点断开的皱折线，以及骶骨上方那片平坦得不可思议的后腰。

一八九六年

一月六日

讨厌不严肃的东西——我一直是这样的。在这个时候，玛自己一个人在想些什么呢？

那不勒斯，一月二十九日

我很惊讶——又在这里听到了那种奇异的东方唱腔，开头是一个太尖锐的音符，它以非常奇怪的方式向主音延伸，分成两个仿佛在不同音调之间翻转的平行乐句，痉挛似的吟唱，然后像窒息般戛然而止。

图古尔特，四月七日

与比斯克拉相比，奥拉德的人在这里跳的舞更好看：甚至可以说，我只在这里看见过如此曼妙的舞姿。我们回到这个地方，并没有对这种严肃的舞步感到厌倦；这种舞几乎只有手臂和手腕的动作，舞步拖曳，相当得体。节奏快速而迷离的音乐萦绕耳边、充塞脑际，令人如醉如痴。我们听得头昏眼花，近乎全身瘫软，离开时，那乐音久久不散，在某些夜里一直回荡在我内心，像沙漠般纠缠着我。

比斯克拉

黑人鼓的声响吸引着我们。黑人音乐。去年我听过好多次！好多次，我特意放下手头的工作，就为了听它！没有音调，没有节奏，没有旋律乐器，只有长鼓、铜锣、响板……挥舞明丽百合、奇花异卉 [1]，响板在他们手掌间发出骤雨般的声音。三名乐师一起奏出货真价实的乐曲；切分音以奇特的方式斩断不对称的节奏，听者热血澎湃，全身细胞激荡。

文学与道德

"自我是可憎的。"你说。我的不是。

物质的惯性。在想法贯穿它以前，它是缓慢的。

---

[1] 原文为拉丁语 "Florentes ferulas et grandia lilia quassans"，出自维吉尔的《牧歌》。——编者注

书籍理论：一纸空论？一袋种子。

社会问题？当然。不过道德问题是前置的。

我们在研究一个艺术作品存在的理由时，会发现那个充分的理由，或说那个作品的象征意义，就是它的构成。

一部构思精巧的作品必然具有象征意义。它的各个部分是围绕着什么东西聚集起来的？什么东西引导着它们的排列秩序？无非是作品的创作概念，它造就了一部作品的象征性秩序。

一本书的构成同样围绕着"象征"这玩意儿。

文句是概念的赘生物。

理论

事物永远处在不平衡状态；它们不断在这种状态中流动。

平衡就是共同的"健康"，也就是伊波利特·丹纳所谓"幸运的意外"；但就物理层面而言，平衡状态是无法实现的，原因我们已经谈过。它只可能在艺术作品中实现。作品是一种超越时空的平衡，一种人为的健康。

我认为，艺术家必须要有一样东西：一个特殊的世界，只有他自己拥有钥匙。只带来新的东西是不够的，即便这已经很了不起了。他内在的一切都必须是——或者看起来是——新的，它们掩映在一种具有强大着色力的独特性之后，时时等着迸现。

艺术家必须有独特的哲学、美学及道德观；他的所有创作无不企图呈现这些。这就是他的风格所在。我还发现——这点非常重要——艺术

家必须懂得用某种独特的方式开玩笑；一种属
于他自己的戏谑。

基督教道德律

阿尔弗雷德·富耶 [1] 有一篇文章很棒，对奥
古斯特·孔德 [2] 做了详尽的探讨。我把其中一段
抄下来："……由于自由验证 [3] 不预设框架，基
督新教逐渐创造出一种不受限制的宗教，因而
变得没有明确边界、无法定义；如果有一天自
由验证为新教带来无神论，它不会知道无神论
是否也是其自身的一部分。它将成为一种不知
在哪里停止、不知往何处去的宗教……由于自

---

[1] 阿尔弗雷德·富耶（Alfred Fouillée），19 世纪法国哲学家。

[2] 奥古斯特·孔德（Auguste Comte），19 世纪法国哲学家，实
证主义创建者。

[3] 自由验证（libre examen），主要属于基督新教思想主张，认
为只要不反对整个宗教信仰，信徒可以在有疑问的情况下按
自己的理解对《圣经》进行解读。19 世纪时，天主教徒对这
种思想主张基本持反对态度。

由思想涉入自由验证的过程，一旦基督新教不再是激进的天主教，那么所有的自由思想、所有的哲学主义、所有的智识混乱，便统统都被囊括进去了。"

我倒觉得很讶异，基督新教在摒弃教会等级制度的同时，为什么没有摆脱掉圣保罗 [1] 那些压迫性的制度，以及他的使徒书信所传达的教条主义，而只留下福音书就好？我认为不久以后，我们就会把耶稣的话语修剪得清清爽爽，让它显现出前所未见的解放力量。不再显得那么愚昧，而更具戏剧性，终于愿意否定家庭（为了最终能废除这个制度，我们允许自己先这么做），将人类从他原有的环境中抽离，让他享有个人志业，透过言传身教，引导他不再依恋

---

[1] 天主教会和正教会译"保禄"，是早期基督教中最有影响力的传教士之一，并通常被认为是除了耶稣基督之外整个基督教历史上最重要的人物。《圣经·新约》约三分之一的篇章由他书写。

世间财物，不再追求固定住处。啊！我的整个灵魂都在渴望这个"游牧状态"的到来！那时，人们不再有封闭的居所，不会再把责任、情感、幸福，都牵挂在那几位同胞身上。

一旦家庭被废除，爱的对象便会无止境地扩大。

拾遗 [1]

冥想二（草稿）

论疾病的用处。（参见帕斯卡尔的《祈求上帝让疾病获得善用》。）

疾病作为忧虑的根源。

"完满的人"身上没什么可期待的。

---

[1]　写于 1897 年至 1900 年之间。

疾病给人类带来了一种新的忧虑，得将它合理化。这就是卢梭和尼采的价值所在。假使卢梭没生病，他就只会是个令人无法忍受的雄辩家，跟西塞罗大同小异。

在此必须提出著名的"斯巴达问题"。为什么斯巴达没出过伟人？种族过于完美，阻碍了个体的崛起。但这也让他们创造出男性美学标准，以及多立克柱式[1]。消灭了体弱者，就等于消除了稀有品种——这在植物学界是常见的事，至少在花卉栽培中是如此。最美的花朵往往是从外表羸弱的植株上长出来的。

这个世界的可贵之处在于，我们被迫去感受，而不是去思考。

---

[1] 多立克柱式是西方古典建筑的三种基本柱式之一，出现得最早（公元前 7 世纪）。多立克柱又被称为男性柱，特点是没有柱础，柱顶简单无装饰，柱体较为粗大、雄壮。雅典帕台农神庙的石柱即属多立克柱式。

佩鲁贾，二月

无论身处何方，我的存在本身都会在我看到、听到、感受到的一切之间，建立起一种令人悸动的和谐，我的一切抵抗在那里化为乌有。我在那里活着……

尽管我心灵中的运作机制细致精巧，但相较之下，我身体上的柔韧肌肉，感官中所有淫逸幽微的细节，更容易受到挑逗，也带给我更丰盈曼妙的感受。

小小说

七情六欲急切奔驰。

（急切到他竟让门锁刮伤了手。）

可现在要说的已经不再是音乐了：仅仅是弦乐、长笛或歌声，就足以立刻令我的思虑臣服。同理，一个动作，一道洒落地面的阳光，笑吟吟的人类，顾盼生姿的大自然，唉！现在这些都要比艺术更能让我心醉神迷。在我被制造出来的过程中，先祖父兄们锲而不舍地努力，辛勤耕耘、精心调教，这才培养出整个种族的血统。然而来到此处，那一切却都解除了束缚，任凭野性恣意伸展——仿佛先人旷日累时打造出来的华美宫殿已成废墟。于是，我们看到天然的花草树木又在缝隙间发芽生长。

决定论与约束

我获得了一种确定感；没错，我觉得我的一切行动似乎是以一种快乐而圆满的方式自然形成的，仿佛从某个源头流泻而出。但它们的美一直要到后来才向我显现；起初我甚至急切地说服自己，要想让我的行为在我眼中显得完美，能够讨我欢喜，就必须在我毫无准备的情况下进行，而且应该维持近乎无法预见的特质，直到行动发生那一刻为止。我做出过的最美的行动，或者至少是我认为最美的，都是会令我惊讶的行为。然后，我忽然感到陶醉，某种特别的眩晕充盈着我，带来一种忘我的感受，隐约还有一股力量使我无所不能。在那些时刻，我不由自主地绷紧身体，整个身心都变得僵硬；我无法自制地变得邪恶，并以粗暴地对待自己为乐。由于当时的我深信任何行为都会将我带向生命中最光辉荣耀的境界，有时我几乎是万分苦恼地梦想着放纵自己，放下我的意志，赋予自己闲情逸致。我一直无法做到这一点，并且明白了一件事：在我身上，约束的存在比别人身上纵情欢愉的部分更自然，我没有"不要"的自由，无法无拘无束地舒展自己、停止抗拒。我也明白了另一件事：我的行为之美恰恰源自这种不自由。

一九〇二年

一月五日

人人都会受骗。重要的是，人要相信自己

的重要性。

唯有在孤独中，我才有存在的价值。在社交场合，让我感到疲倦和烦躁的不是别人，而是我自己。

有时候，只有透过某个行为所造成的后果，我们才能感受到它的真实性。

一月八日

为什么《背德者》只印了三百本？……为了稍微掩盖一下糟糕的销量。要是印了一千两百本，我会感觉情况变得四倍糟，我的痛苦也会变为四倍。

昨天晚上，我安静地看完了《拉米耶尔》[1]，也做了一些思索。按我本来的估量，我应该非

---

[1]　司汤达未完成的遗作。——编者注

出门不可。后来没出门；结果也没觉得不好（我甚至度过了一个相当美好的夜晚）。两年前，我会在晚间十点出门，到林荫大道上四处晃荡，直到凌晨三点才回家。现在的我似乎是变乖了。我变老了。

一月十日

司汤达需要写作……促使我写下这些札记的冲动中并没有任何自发的、无可抗拒的成分。我从未因快速写作而感到欢愉。这就是我要强迫自己做这件事的原因。

晚上十点

格翁[1]的坦率为我带来慰藉，让我不再为自己的虚伪感到不安。他的力量、他的健康，都

---

[1] 亨利·格翁（Henri Ghéon），法国剧作家、小说家、诗人，1887年与纪德相识。两人关系亲密，共同参与创立了《新法兰西评论》。——编者注

令人折服。

一月十三日

玛读了龚古尔的《歌麿》[1]。我弹奏塞萨尔·弗兰克的曲子，然后读《文人》[2]，借此学习该怎么不写作。

一月十五日

读完了《夏尔·德马伊》。这是一本可憎的书，却充满了不可思议的长处。

一月十六日

今天早上我感觉很好，醒来时神清气爽；精神振奋，头脑轻盈，而且充满感受力。

---

[1] 指喜多川歌麿，日本江户时代浮世绘大师，擅长美人画。
[2] 龚古尔兄弟的小说，1868 年书名改为《夏尔·德马伊》。

一月十八日

我很好。我的清晨、白天和夜晚几乎都是空着的，也就是说，充满无尽的冥思、创作及阅读。

埃米尔某某在他当裁缝的父亲那儿工作。不过两个月以来，半失业的状态使他几乎整天无事可做。每天，他都会在浴场度过整个下午。他会在一点钟到，七点才走。这是不是他俊美得像一尊希腊雕塑的原因？他的泳技好得不得了；我认为，没有任何事物能像游泳那样，为人体肌肉带来那么多的律动与和谐，使它坚实、强健。赤身裸体的他有一种令人慑服的泰然自若；穿上衣服的他反倒显得拘束。他身穿工作服时，我几乎认不出他了。他的整个身体散发着健康而均匀的光彩，想必也是他习惯裸体的结果。他的每一寸肌肤都呈淡金色，并覆盖着纤柔的绒毛；而骶骨上方两侧的浅窝之间，也就是古代雕塑家会雕出一束野兽毛的位置，细柔的绒毛变得浓黑。真的，昨天下午，当他把肩膀靠在泳池边的墙上，摆出普拉克西特列斯[1]雕像的那种姿势：像捉蜥蜴的阿波罗那样歪着身子，搭配上他那张鼻头上翘的面孔和嘲弄的神情，看起来就像一头迟钝的小兽。

他十五岁；家里还有一个姐妹、一个兄弟。原本有十一个小孩，现在就剩下这几个了。

一月二十九日

状态极佳，适合工作、交谈……做什么都行。人很麻烦，状态好的时候，做什么都行，要不就什么都做不好。今天早上，我要是上鞋油的话，一定也会完成得相当出色。

雷斯枢机主教的《回忆录》。我已经很久没有尝到这种快乐了。奇特的行文风格，似乎只

---

[1] 普拉克西特列斯（Praxiteles），公元前 4 世纪古希腊著名雕塑家。

有名词和动词，仿佛踩着高跟鞋前进。兼具孟德斯鸠和圣西门[1]的调性，不过比起后者，他比较矫揉造作，也比较偏狭。

二月一日

如今，演员们在演出拉辛剧作时犯下的最大错误，就是在应该让人为艺术展现胜利姿态的时候，企图表现得自然。

二月五日

今天早上一醒来，就很开心看到镜子里的自己。好兆头。心情不好的时候，我还是会照镜子；不过里面的我看起来面目可憎。

塞萨尔·弗兰克的管风琴作品《三首合唱

---

[1] 圣西门（Saint-Simon），法国哲学家、经济学家、空想社会主义者，其回忆录是法国文学的经典之作。

曲》真的棒极了，每天晚上我都沉浸其中。

昨晚重新开始读勒孔特·德·利勒[1]的《莫纳大屠杀》；纯粹而完美的满足感。

二月八日，星期六

没去圣彼得堡这件事令我感觉到的不是遗憾，而是悔恨。对自己做出的承诺同样是神圣的，不应该比不上对别人的承诺。

二月九日

有种厉害的技巧是能够告诉自己，让你忧烦的事也会修正你。

习惯于演出平庸作家的作品会使演员过于相信自己的能耐。他们会在对观众演出拉辛的

---

[1] 勒孔特·德·利勒（Leconte de Lisle），生于印度洋留尼汪岛的法国诗人，高蹈派代表人物。1886 年当选为法兰西学术院院士，接替雨果的席位。

金银时，动用跟设法让我们接受萨尔杜[1]的铜铁时同样的演技。

星期日

……在我的肉体和精神中，我拥有成为"伟人"所需的一切，以及妨碍自己成为"伟人"所需的一切。要是我知道怎么欺骗自己就好了……我还停留在搜寻格言的阶段。我在屈韦维尔会变成什么样呢？

……还有，对于我历经千辛万苦、不知费尽多少傲气才赢得的自重，我能感觉到的只有烦腻和作呕。我想办法抛弃它，结果并不容易。积累财富的工作若要令人感觉美好，条件是事后轻易地挥霍掉。于是，我任凭自己荒唐堕落；我甚至愿意系统性地做这件事，我的意思是说，

---

[1] 维克托里安·萨尔杜（Victorien Sardou），法国剧作家，1877 年当选为法兰西学术院院士。

为此付出努力。我很佩服 ××[1]，能够以堕落为乐；我自己还是得费点力的。

我最看不起自己的就是那份自重。我打算让它无处容身，欢喜地糟蹋自己。我憎恶任何形式的懦弱，这种憎恶之情驱使着我前进。当我内心的某个东西牵制着我时，我担心那会是恐惧，于是我奋勇向前。现在，我毫不在乎自己是什么、不是什么。我不会因此而踟蹰不前。

二月底

我用希望别人看我的书的方式去看书，也就是说，很慢地看。对我来说，看一本书就是在两星期时间中抛下一切，与作者独处。

屈韦维尔，三月二日

我的《背德者》距离我已经太遥远，以至于我没法修改校样。

---

[1] 原文如此。

三月二十七日

但愿有朝一日，某个跟现在的我年龄相仿、价值观相似的年轻人在翻阅拙作时会受到触动，就像我三十岁时读到司汤达的《自我主义者的回忆》时那样，感觉自己被重塑。除此之外，我没有其他野心。当我在读那样的作品时，我是这样想的。

皮埃尔·洛朗斯[1]谈到《背德者》时说了这么一句：

"我生病了，算我倒霉。我痊愈了，算她倒霉！"

---

[1] 让－皮埃尔·洛朗斯（Jean-Pierre Laurens），画家保罗·阿尔贝·洛朗斯（Paul Albert Laurens）的胞弟，两人的父亲让－保罗·洛朗斯（Jean-Paul Laurens）也是画家。这家人可说是纪德的第二个家庭，纪德通过他们进入了艺术界及文学界。纪德曾与保罗·阿尔贝·洛朗斯同游北非，《如果种子不死》对那次影响深远的旅行有详细着墨。

一九〇三年

五月

重点在于弄清楚我们想要的叫作"慈善"还是"文学"。

八月，清晨四点

人在马车上，还没到鲁昂；塞纳河畔雾气迷蒙。晨间的雀跃。我对自己重复着这些充满韵味的字词：晨间的雀跃。平坦的田野上，麦垛还只露出顶部，仿佛浮在一片泛着粉红的蓝色雾海中。空气难以言喻地纯净；湛蓝的天空滋润着大地。经过一夜无眠的折磨，我的目光在氤氲朦胧的河面上洗涤疲劳，在缓坡边啜饮甘泉。在白昼的热气袭来以前，大自然中所有的花草林木都赶着让自己浸浴在晨曦中洗净前日铅华。这里的露水化为琼浆；最焦黄干枯的苗草也变得绿意盎然。就算我失去自己拥有的一切，失去在这世间最珍爱的一切，今天早晨我还是会感到幸福无比。我化作原野上的一株小草，投身在大地苏醒的圣餐仪式中。

魏玛

当我身处的环境要求我做出我不可能自发做出的事情时，我总是心存感激。

一九〇四年

三月十七日，星期三

得准备这场演讲：《谈戏剧》；烦死我了。我对戏剧的想法？连我自己都没太大兴趣知道！我的想法对我来说几乎无关紧要！

就思想而言，同样存在一种美丽、一种优雅；如果没有它，我总会感到不自在。

必须达到某种平衡才行；提取自客体的感官欢愉必须具有程度相当的鲁钝和耗损。

"……由于任何发光体都从未见过它所照亮的物体的影子……"（列奥纳多·达·芬奇,《绘画论》,第三二八章）

五月三日

每次见到布朗什[1],我都会马上觉得我的领带不对,帽子没刷干净,袖口脏兮兮的。这比我接下来打算跟他说的话更令我不安。

每次到范里塞尔贝格他们家,总会听到些童言童语。其实童言童语通常会让我觉得有点烦,在此我记下几个我觉得比较好玩的例子。

有人问小博尼耶,上课的时候他都做些什么。他的回答是：

---

[1] 雅克－埃米尔·布朗什（Jacques-Émile Blanche）,法国肖像画家,曾为多位文艺界名人创作肖像,也是普鲁斯特、亨利·詹姆斯的好友。——编者注

"等下课。"

还有一些话说得生动机智，比如泰奥·范里塞尔贝格的小女儿伊丽莎白就很妙。有一天，她割伤了手。她看到血流出来，吓得花容失色，尖叫着冲到父母身边，说：

"我的酱汁流光了！"

十一月

自从一九〇一年十月二十五日，也就是我完成《背德者》那天以来，我再也没认真工作过。我那篇关于王尔德的文章、我到德国进行的演讲，还有最近在布鲁塞尔的演讲，这些都不算数（而且布鲁塞尔那场演讲让我一点也不开心，我讲得很糟）。三年来，某种精神上的沉闷和麻木使我一直像植物般原地不动。也许这是我在花园里待得太久的结果；每天跟那些植物接触，我大概不免染上它们的习性。随便一个句子都令我费神；这还不打紧，连说话几乎也像写东西一样令我费神。另外，我得承认，我自己也成了麻烦：每当有个想法开始浮现，某个老是埋伏在我心底的批判声音就会跑出来寻衅，警告我："你确定值得大费周章？"由于的确大费周章，本来的想法就打退堂鼓了。

夏天时到德国的那趟旅行让我的麻木状态有了些许好转；但一回到这里，那种状态又全面占领了我的心。我责怪天气（今年的雨下个不停）；我责怪屈韦维尔的空气（今天，我又在担心这空气会对我施展昏睡法术）；我责怪自己的时间分配（的确很糟糕：我赖在花园不出来，在那里连续好几小时逐一凝视每株植物）；我责怪自己的品格（我那死水般的心灵怎么有办法战胜我的身体？）。事实上，我变得愚钝，没有激情，没有喜悦。最后，我变得忧心忡忡，下定决心要摆脱这种不仅浑浑噩噩，而且还掺杂了病态忧虑的心理状态。于是，我努力说服自己，也设法说服玛，只有旅行才可能把我从自我的窠臼中解救出来。坦白说，我并没能说服玛；我清楚地感觉到这点，可我又能怎么办呢？还是得向前迈步。我决定上路。我费尽口舌，设法对自己的行为自圆其说。上路本身还不够；我需要更多东西，需要玛认可我的旅行。我撞上一堵以漠然筑成的、令人绝望的墙。或者不是这样：我不是撞上一堵墙，而是沉陷下去了，我的脚踏空了。我陷进泥沼。今天，我清楚地知道了一件当时就隐隐感觉到的事，那就是玛这种自愿性（然而几乎是无意识的……）的超然（我找不到更恰当的字眼）所导致的可悲误解。她的反应加深了我的沮丧。为了克服那种漠然，我的忧虑、我的各种情感不断变得沉重，使我乱了方寸，痛苦万分。幸好，关于那一切的记忆现已逐渐淡去……倘若我得重新活一遍，当我等待那些日子来临时，想必不可能不惊慌。

我计划要写一本关于非洲的书，可我在屈韦雄尔写不出来，因为上次玛、格翁和我到非洲旅行时的笔记太不完整了。我得再去看看那个国家才行。我带着每天都得做笔记的决心出发。思考、分析，这些东西都可以事后补充；当下的感受无法找回，也无法重新创造。

一九〇五年

三月二十二日

八年前，德·马克斯[1]告诉我："你是用眼睛在笑，这样会把脸笑僵的。"

"那要用什么笑？"我惊讶地问他。

"用嘴唇就好，"他说，"嘿，看我怎么做。"

今天，我在司汤达的《日记》里读到这么一句："剧场式微笑——牙齿露了出来，眼睛却没笑。"（他说的是拿破仑的微笑。）

---

[1] 爱德华·亚历山大·德·马克斯（Édouard Alexandre de Max），罗马尼亚演员，巴黎戏剧界的明星。——编者注

四月二十二日

当写作的欲望和需要重新攫住我，我就知道我的状况改善了。我不是指工作的需要，这种需要从来不曾离我而去；我是指那种立即、不由自主地要把感觉和情绪转化为文字的需要。

"可是，"布瓦莱夫[1]和蔼地对我说，"我正是为了像你这样的人而写作的。我们想要什么呢？三四千位读者……"

"实在太多了。"

昂代，五月初

从三十五岁开始，人只要稍微觉得有点累，就忍不住要把累的原因推给年纪，甚至先入为主地认定那不是暂时的不适，结果反而促使疲劳持续的时间变长。

---

[1] 勒内·布瓦莱夫（René Boylesve），法国作家、文学评论家，1918年当选为法兰西学术院院士。——编者注

波尔多

我写东西只是为了摆出写东西的样子。我在一家小理发店里，夏天的热气没闯进来。这是个温柔的时刻，理发师一言不发地忙着，偶尔有只苍蝇来打扰我。

星期一

科波的思绪像犹太人一样柔软（起初我确实以为他是犹太人）。"我对你不会太操心，"我告诉他，"我感觉你很有本钱。"他微笑。"没错，我也是这么想的，"他答道，"可我一无所成。你知道我缺的是什么吗？圈子。是的，我没有圈子。"

这句话如果是在司汤达的《日记》里看到的，就会被认为充满智慧。啊！当然，你说得有道理。可短短几个月之后，这个"圈子"便会让你无比困扰！在我二十岁左右的时候，我青春洋溢，多愁善感，一头潇洒长发，身上穿着剪裁得当的正装，这些都让我在伯莱夫人和德·让泽伯爵夫人的沙龙里显得够体面。假如我当初继续进出那种场合，今天我就会在《两个世界评论》杂志社上班，不过这样一来，我就不可能写出《地粮》了。

星期二

两点时，有个叫马里内蒂[1]的来访，他是一家名叫《诗境》的廉价艺术杂志的负责人。他是个蠢蛋，很有钱，很爱吹牛，从头到尾不懂得闭嘴。

星期三

我再次感受到写作的乐趣，在这本笔记本里胡乱写些东西。在繁杂的日常活动中，我总盼望着能有一些时刻可以跟它独处。

---

[1] 菲利波·托马索·马里内蒂（Filippo Tommaso Marinetti），意大利诗人、小说家、剧作家、艺术理论家，20 世纪初期未来主义运动的发起人。

屈韦维尔

我忆起年轻岁月，幸福像神祇般驻居在我心中。

整个上午都待在花园里。我没有准许自己进屋写作。我昏昏沉沉地来到餐桌前用午餐，玛觉得我"魂不守舍"。我是怎么变成这样的？只不过是因为我在玫瑰丛中捉虫子。

五月十六日，星期二

人一直在寻觅的，真的是幸福吗？不。是想让我们内心最新鲜的元素自由驰骋。

安静的晚餐。我将《金头》[1]那精彩的第一幕念给玛听。

---

[1] 保罗·克洛岱尔创作的一部戏剧，讲述了男主人公英勇抗击外敌、拯救家园，最终获得成功的故事。

星期一

我可以清楚看到一切贫瘠的诱因，我想把它们统统抓在手里掐死。

我紧紧抓住这几页纸，就像在众多难以捉摸的事物中抓住了某种确定的东西。我强迫自己在上面涂涂写写，写什么都不要紧，重点是有规律地写，每天写……

星期四，六月一日

晚上我们开车出门，在林荫道和灯火通明的广场上晃荡。玛先回去了，我一个人回到香榭丽舍大道，然后转往歌剧院区。没遇到什么值得提的人。空气中弥漫着灰尘，而且被烧得发烫。歌剧院大道（盛大演出结束后，来访国王得沿着这条大道返回外交部大楼）上，人潮越来越汹涌；后来我觉得颇为焦躁，只好从那里逃走，绕路回到法兰西剧院广场。这里的人群没那么匆忙。接近午夜了。法兰西剧院逐渐

变得空荡荡的。车队应该快要出现了。我往前
走到剧院门廊的一根柱子旁边，跟几个孩童一
块等着。在这个地方，我可以清楚地听到炸弹声，
但它发出的响声远不及后来大家传说的那么大。
我身边有几个人跑了起来，他们以为那是鞭炮
声。我倒相信那是一声枪响。我又一次在自己
身上观察到，我很难认真对待什么重要事件。
我只觉得很好玩，即使对人群的恐惧几乎一刻
不停地萦绕我心，我的所有感官仍然保持在一
种兴奋状态中，我的心脏一直急促地跳动着。[1]

可我就是没法认真对待眼前所见，我觉得
那仿佛不是真正的人生。演出结束后，演员还
会出来谢幕。

---

[1] 纪德在此描述的是年仅十九岁的西班牙国王阿方索十三世出
　　访巴黎时遭炸弹袭击的事件，该次袭击系一名西班牙无政
　　府主义者策划。

星期六

喝完以后，杯底会留下一种质地近乎牛油的浓厚乳状物，怎么也没办法用吸管吸起来。我的饥渴打败了我的恶心，不过事后我在很长一段时间里一直觉得胃部沉重，舌头也变厚了。我巨细靡遗地记下这种感觉，在别人眼里可能显得文绉绉，可我清楚地知道，记忆会凝聚在这种东西周围。

星期日

回到家，我辛苦地整理文件、打包行李。行李箱就像我的书，像我写下的每一个字句，像我的整个人生：我想在里面装太多东西。

星期二

大雨滂沱。关在温室里阅读歌德的诗作，金黄色的蒲包花围绕在我身边，没有炙热，没有担忧，没有欲望，我品尝着**至福至喜** [1]。

---

[1] 黑体字为原文用大写强调，后同。

六月十四日，星期四

写了一些关于作家莱昂·布卢瓦的笔记。继续写《窄路》[1]，校阅《帕吕德》。带着最强烈的兴致重新阅读波德莱尔。

将反讽视为苦炼的一种形式。这一点至关重要。

七月十日

我跟雅克·科波交谈时获得的愉悦一直持续到我离开的前一天；然后我可能开始觉得有点痛苦，因为我不敢与他多说话，而他也没主动邀请我，或者不知道怎么主动找我聊……他为我的工作带来的更多是激情，而不是干扰。昨天，我给他念了我已经写出来的《窄门》段落。那令我觉得很不快；之后我会再把那时的看法写下来。我差点没把所有文稿丢进火炉。科波是个很好的顾问，他懂得解读我念给他听的段

---

[1] 后来更名为《窄门》。

落，只把它看成某种更好作品的蓝图。要是在几年前，我以为已经写得完美无瑕（或几乎如此）的作品被人说得仿佛还没有章法，我一定会完全丧失斗志。假如没有天神般的耐心，一个人真的无法创作出任何东西。

屈韦维尔

今天，我明白了什么是等待，不是令咬着嚼子的马匹急得吐白沫的那种迫不及待，而是此刻这种充满焦虑恐惧的可怕等待，心脏在两次跳动之间必须艰苦挣扎，仿佛在拼命清除凝结的血块。我就这样在大太阳底下，在路边，在堤坝上等着；等着 X 的车开来。车子迟迟不来。它开上另一条路去了……

七月十九日

我心里还存放着好大一笔喜悦，可能找不到办法消耗它。

七月三十一日

我相当规律地重新投入工作，但速度慢得离谱。我会花许多个小时思量一组文句，隔天又要彻头彻尾地修改它们。尤其是当他在吉纳维芙的房间里看到她跪在地上那一幕[1]，把我搞得简直七窍生烟！但现在，我很赞赏所有我**没说出来、保留**起来的部分。（我慢悠悠地思索这种在一名作家身上也许能转化为"保留态度"的美德。可在我们这个时代，又有谁能理解这点呢？）我试着将"耐心"视作我的第一大长处，至少这是我最应该设法在内心激发出来的特质。我写的是"耐心"，其实应该说是"固执"，不过必须是柔软的固执才行。

屈韦维尔

科波很惊讶我到现在还在读司汤达的《日

---

[1] 《窄门》中的一个场景，吉纳维芙为小说女主角，在正式出版的版本中更名为阿莉莎。

记 》。有些作家我只能以尽可能慢的速度去读。我似乎感觉自己在跟他们交谈，他们在跟我交谈。而要是我不知道怎么把他们长时间留在身边，我会觉得伤心。

八月二十四日

在我的人生中，没有什么是一成不变的，也没有什么是确定无疑的。我时而相似，时而不同，天地万物都不至于奇怪到令我不敢靠近。三十六岁的我还不知道自己到底是吝啬还是挥霍无度，是节制还是贪婪……或者，更准确地说，我觉得自己会忽然从一个极端被推至另一个极端。就在这个摆荡的过程中，我的宿命在实现。为什么我非得矫揉造作地模仿自己，借此让我的人生达成矫揉造作的一致性呢？在流动中，我才能找到平衡。

我的家世背景让两套截然不同的生命系统在我体内纠缠，这或许可以解释这些令我感到痛苦的复杂性和矛盾性。

九月一日

我又一脚踩空了；我任凭自己被卷进这单调的水流，日复一日地随波逐流。从早晨起床到夜晚，难以抵挡的睡意令我浑身麻痹；偶尔，心智游戏会让我摆脱困境，但慢慢地，我又失去了力气。我把现在的自己跟过去的自己进行比较，跟我希望成为的自己进行比较。如果……但奈何，在这种无忧无虑的生活中，一切都瘫软无力。奢淫的因子从四面八方渗入；我最美好的德性降格了，连我的绝望都不再能被锐利地表达。

怎么能把一个或许能保护我免于那一切的道德观视为荒谬！我的理性既谴责它，又呼唤它，徒劳无功地呼唤它。要是我有个告解对象，我会去找他，对他说："请随意将任何纪律施加于我，今天我必将说它明智；假如我拼命抓着某个原本会令我的理智窃笑的信条，那是因为我盼望从中找到对抗自己的力量。"

等我的心智恢复健康，我将会因为写过这

些而脸红。

尼姆，泉源庄 [1]

我喜欢这座花园里干燥的树脂气味。

九月十九日

某些片刻的喜悦如此强烈，令人以为生命的脉络在其中被撕裂；然后，在两个片刻之间，是一连串沉闷时日，它们的唯一用处是催人老去。

屈韦维尔，十月二日

时光飞逝。迷蒙的天空已经充斥着冬天的气息。我的狗儿睡在我脚边。我心急如焚地守在空白的纸页前，那里本来可能写就一切，然

---

[1] 泉源庄（Les Sources）是纪德的叔叔夏尔·纪德（Charles Gide）位于尼姆附近的住宅。夏尔·纪德为法国重要的社会经济学家，创立主张合作经济的尼姆学派。

而我在那里从来就只能写出某种东西。

十月十六日

今天有人来把雪松对面那棵大松树砍掉了。三个汉子一整天都在做这件事。今晚，它那没了枝叶的巨大树干成为一个绝望的身影，在纯净无瑕的天空的映衬下仿佛是一场噩梦。

十月十八日

跟庭院里结的果子一样，古尔蒙[1]也变得成熟。酸涩逐渐消失，变得香甜诱人。他的新作真的很可口。

又向秋天迈进了一步，各方面都赏心悦目的季节。

---

[1] 雷米·德·古尔蒙（Remy de Gourmont），法国象征主义诗人、小说家、评论家。——编者注

十一月三日

古尔蒙不明白，并非所有聪慧都站在自由思想那边，而所有愚昧都站在宗教那边；他也不明白，艺术家为了创作，需要拥有闲逸，而检验、怀疑都是最折腾心神的东西。怀疑主义有时或许是智慧的开端，但往往也是艺术的终结。

十一月二十二日

我盼望能找到一种隐秘的说服力。

十一月二十三日

我刚读完不可思议的《马尔多罗之歌》的第六支歌（第一、二、三节）[1]，起初低声诵读，后来把音量提高。什么样的机缘巧合使我现在

---

[1] 《马尔多罗之歌》是法国作家伊齐多尔·迪卡斯（笔名洛特雷阿蒙）创作的一部长篇散文诗，结构跳跃、形式荒诞，在20世纪被超现实主义艺术家大为推崇。

才读到它？

诵读这样的作品使我情绪高昂，近乎痴狂。

十一月二十四日

上午在卢浮宫度过；分外美妙的上午。我随身带了一小本蒙田，不过只是走路时偶尔翻翻，而且目的只是为了让自己沉浸在那种充满喜悦的激昂里。

这样的一天太短暂了。

十一月二十五日

通融自己当然要付出惨痛代价，可通融他人也好不到哪里去。

十一月二十八日

我已经很多年没有头脑发热了。我想起了撰写《帕吕德》时那种充满快乐的灼热火种，它能使我的作品时时刻刻维持在警醒的状态。

阅读兰波和《马尔多罗之歌》的第六支歌

使我对自己的作品感到羞愧，对一切不过是文化柔捏而成的结果更是觉得作呕。我还以为我这辈子能有更好的出路。

十二月一日

保罗·克洛岱尔也出现在方丹[1]家，我已经三年多没见过他了。他年轻时像颗钉子，现在像把大锤。他的额头不算太高，但相当宽阔；面部线条不细致，仿佛用刀斧简单削切而成，公牛般的脖颈延伸至头部，仿佛激情立刻就能向上充满整个脑袋。没错，我相信这就是他给人最突出的印象：头部与躯干连成一体。下星期二我再仔细看看他（他会到我们家用午餐），我有点太忙于为自己辩解了，他找我攀谈时，我没有余力充分回应。他带给我一种飓风凝结的效应。他说话的时候，就好像内心有什么东

---

[1] 阿蒂尔·方丹（Arthur Fontaine），法国工程师、文艺赞助者，曾任国务顾问、国际劳工局理事会主席等职位。

西被触动了一样；他用粗鲁的肯定句表达论点，而且即使旁人同意他的见解，他依然保持着一种带有敌意的语气。

我跟方丹交谈的时候，凑巧听到克洛岱尔在耳边宣称他仰慕波德莱尔。米图阿尔[1]生硬地附和他，还说到波德莱尔的"健康"，说在他的作品中尤其注意到了一种"状况良好"的天赋。难道非得要有这个，他才能允许自己仰慕波德莱尔吗？

保罗·克洛岱尔继续带着他那种暗潮汹涌的愤慨宣告："爱伦·坡和波德莱尔是仅有的两位现代批评家。"然后他大肆赞扬波德莱尔和爱伦·坡在批判方面的睿智。他这番话倒也说得够聪明，不过用词跟最近雷米·德·古尔蒙谈论同一主题时使用的措辞几乎一模一样，令我

---

[1] 阿德里安·米图阿尔（Adrien Mithouard），法国诗人、政论家，《西方》杂志共同创办人，曾任巴黎市议会议长。

差点忍不住想把这件事提出来；不过我怕一提到古尔蒙的名字，就会引发一场爆炸。

克洛岱尔穿的外套太短了，使他的身躯看起来被压得更紧，更显得粗笨；他系了一条打活结的豆色领带，既吸引目光，又令人觉得反感。

诵读结束以后，由于我把弗朗西斯·雅姆[1]的这组诗作跟魏尔伦的《智慧集》相提并论，克洛岱尔立刻宣称《身披树叶的教堂》写得好多了，还说他"一直就不是很喜欢《智慧集》，因为魏尔伦玩弄文字的手法总是太明显，连最稳当的几首都被他搞砸了"。

他说这话时声音不算高亢，仿佛对此深信不疑；我再次注意到真正的激情跟口才是多么不搭调。莱昂·布卢姆（我前天才跟他见过面）说话时中气十足，嗓门又大，而且滔滔不绝，还没进门就已经听到他在嚷嚷了。

---

[1] 弗朗西斯·雅姆（Francis Jammes），法国诗人，创作主题多为乡村生活，后文提到的《身披树叶的教堂》即为他的诗歌作品。

十二月二日

从俄罗斯传来了一连串令人惊愕不已的消息 [1]，仿佛在我的脑海中形成连续性的低音，回荡在一切日常事务之间。

十二月五日

保罗·克洛岱尔来用午餐。外套太短，系着打了长结的苯胺紫领带，脸看起来比前天更方了。他的话语充满意象而又精准犀利，语调铿锵有力、简单明了、充满权威。

他的谈话内容生动而丰富，不过那都不是他即兴说出口的。他娓娓道来的都是一些事先大费周章建构出来的真理。不过，他还算懂得开玩笑，假使他能多几分投入生活的意愿，应该会是个有魅力的人。我试着思索他的话语中到底是少了什么……少了点人性的温柔？不对，并不缺这个；他拥有更棒的东西。我认为他的

---

[1]　与 1905 年俄国革命有关。

声音是我听过最扣人心弦的。不，他不是在诱惑；他并不想用魅力诱惑别人。他是在说服，或说迫使他人信服。在他面前，我甚至不再为自己辩驳；用完餐以后，他谈到上帝、天主教、他的信仰、他的喜乐等等，然后当我说我很能理解他时，他又补了一句话。

"可是，纪德，你为什么不皈依呢？"（他说这话时语气并不鲁莽，但也不带微笑……）这时我让他知道、让他清楚地看到，他的话语令我多么惶恐不安。

原本我打算在此重复一下他说的那些话，不过那些东西他都已经写在最近完成的著作《世界与自我共生论》里了。同理，我本想在此记下一些他聊到的人生细节，不过我认为这人一定会名垂青史，所以就不多此一举了。

他告诉我们，一九〇〇年开始创作的《缪斯颂》被他束之高阁了很久。他不知道"怎么写完它"。一直要到一九〇四年，他才加上召唤厄

刺托 [1] 的桥段以及结尾。

"有很长一段时间，在两年时间里，我一直没写东西；我认为自己应该为宗教牺牲艺术创作。我的艺术！只有上帝才知道这牺牲有多大。当我明白艺术和宗教不应该相互对立时，我得到了救赎。这两者也不该混为一谈。我们可以说，它们应该维持一种相互垂直的关系；它们之间的争斗正是我们生命的养料。在此我们要牢记耶稣的话：'并不是叫地上太平，乃是叫地上动刀兵。' [2] 这就是耶稣的意思。我们不该在和平中寻找幸福，而应在冲突中寻找。圣人的一生从头至尾都是一场斗争；最伟大的圣人是到最后被最大程度征服的人。"

用午餐时，他谈到了某种"直面的感觉"，可以让我们在阅读一本书之前就辨别出书的好

---

[1] 厄刺托（Érato），古希腊神话中的九位缪斯之一，主掌情诗与合唱。

[2] 参见《新约·马太福音》第 10 章第 34 节。

坏，而且强调他向来都会提醒大家不要读奥古斯特·孔德的作品。如果他要处决贝尔纳迪诺[1]，同时放过卢梭，那我一定听得乐陶陶。他倒真的把不少人给毙了！他高举圣体显供台，把我们的文学毁得一塌糊涂。

（我记得有一次，我在屈韦维尔修剪、清理一棵牡丹树时，把一根看起来已经干枯的树枝剪掉，结果发现里面居然还充满汁液，这令我感到非常错愕。）

他以无比敬佩的口吻谈到托马斯·哈代和约瑟夫·康拉德，然后又以无比轻蔑的口吻批评其他英国作家，认为他们"从来没搞懂'没有任何多余'是艺术创作的第一要素"。

他说了很多；我们能感受到各种意象和概念似乎在他心中构成了某种内在压力。比方说

---

[1] 可能指锡耶纳的圣贝尔纳迪诺（San Bernardino da Siena）。他是一名意大利神父、方济会传教士，被誉为当时最伟大的演说家。

我谈到"记忆力衰退"时（我倒忘了是在谈什么东西或什么人的时候说到这点的），他马上大叫："记忆力不会衰退！人类的任何机能都不会随着年龄的增长而减退。这种说法真是大错特错。从出生到死亡，人的所有机能都在持续不断地发展。"

他滔滔不绝；其他人的想法一刻也无法令他的思绪停下来，就算大炮打过来，他也不会撤离。如果企图跟他对话，我们必须打断他才行。这时他会礼貌地等我们把句子说完，然后接着他原来的话继续讲，精准地接上他方才说的最后一个字，仿佛插话的人什么都没说过。

先前（一九〇〇年的时候）他曾让弗朗西斯·雅姆怒火中烧。针对雅姆的痛苦，他的回答竟是："我自有我的上帝。"

（对一名艺术创作者而言，宗教信仰的最大好处是，它让他拥有无边无际的骄傲。）

他走时把听他告解的神父的地址给了我。

十二月十八日

我不再写作的时候，反而是我最有东西可写的时候。每当我有片刻闲暇，我不是在改校样，就是在写信。我快要无法应付自己的生活了。关键不是那些事务复杂难搞，而是事情的数量太多、性质过于多样，我的心神因此全散了。巴黎最棒的天气总是在我们计划不出去的时候出现。我要是连续三天没在这本笔记里写东西，随后要重新开始就多少会有些障碍，而且，一旦我不再把细节写得淋漓尽致，我连写的兴致都没了。勉强一下自己吧。

一九〇六年

一月十日

不管是耕耘我的爱意还是浇灌我的恨意，我感受到的好处一样多。

一月十五日

风格：与其说是犀利，不如说是审慎，小心行事；谨慎程度无边无际的人。

艺术应该是：尽管有了最完美无瑕的解释，却依然能保留惊奇的成分。

又下了三天雨。我的头脑疲惫不堪，意志躁动不安，性格优柔寡断。庞杂多样的事务使得任何真正的创作都成为不可能；可只有做这件事才能让我平静安宁。我不敢重新提笔写我的小说 [1]，以免削减自己的情感和热忱。为了净化自己，我又开始练习弹钢琴，但毫无章法。我写的东西变丑陋了。我睡得很差；我会发抖、惊醒，仿佛猎物在睡觉。

屈韦维尔，二月三日

我记得孩提时代读过的一些东西，那些文

---

[1] 指《窄门》。

字犀利透彻，洋溢着感官情趣，真切地穿透了我的童稚心灵。今晚，我再度体验到这种美妙绝伦的感受……

三月二十日

今天没法不去卢浮宫。这是八天以来萦绕我心的一种需要。尼古拉·普桑的画作起初看走来很乏味，我因此埋怨自己。等我把整个展览厅转完，然后重新看了那些画时，它们才忽然变得明亮起来。我很欣赏那种笨拙，一种下笔时的沉重感。不玩弄任何技巧，不炫技，或许没有任何艺术家能像他那样让大脑从制高点主宰创作。

走出卢浮宫前，我在瓦伦丁·德·布洛涅[1]的两幅画作前顿下脚步。那值得一看再看。《所罗门的审判》这幅画几近悲怆，也是我见过的最

---

[1] 瓦伦丁·德·布洛涅（Valentin de Boulogne），17 世纪法国杰出画家，也是卡拉瓦乔最忠实的追随者之一。

令人不知所措的作品之一。

三月二十四日

我无法接受任何事物伤害我；相反地，我要一切都为我效劳。我打算把一切都变成对我有利的东西。

三月三十日

把天赋放在不知如何利用的人身上，那些天赋对我而言又有何重要？

练钢琴，学习绝迹语言，阅读，写信，记日记：我的所有日常工作都想成为早晨的第一份甜美。结果甜美经常在没有章法的拉扯中碎裂，一天中最宝贵的时光就这样胡乱过去了。

四月九日

我想到歌德写过的一句话："震颤（das Schaudern）是人类最美好之处。"唉！正是如此……我努力试过了……但就是完全无法感受到阿纳托尔·法朗士[1]式的震颤；我读法朗士的时候没有震颤。

他很有文采，细腻而优雅。他的作品是委婉措辞的胜利。可那里面没有骚动不安；这种成分一下就耗竭了。如果从一开始所有人都同意某些东西，我不相信它们能流传千古。我强烈怀疑，我们的子孙后代重新翻开他的作品时，他们在里面发现的东西是否会比我们现在所读到的更多、更好。我知道，就我而言，我从来不曾感觉它比我的思考超前。

他的一切都是对话、关系。

经常跟他打交道的人首先会欢欢喜喜地被引进客厅和书房。都是第一层的房间，房屋的其他部分似乎并不怎么重要。这让我感到不自在。我很难不怀疑隔壁的房间是犯罪的地方，

---

[1]　阿纳托尔·法朗士（Anatole France），法国作家、诗人、记者，法兰西学术院院士，1921 年诺贝尔文学奖得主。

或者是做爱的地方。

十五日，星期日

数目增加了……我是指我容许自己去想的事，但我不太容许自己说出口，而且完全不容许其他人说出口。譬如说，《包法利夫人》的开头写得很烂。

四月十八日，星期三

找到写《窄门》要用的纸了，开始抄写。三页。

五月三日

方法——这就是我无法靠蛮力强迫自己接受的东西，并不是说我不想臣服于它，而是我的身体不断反抗我的心灵所提出的一切。

当我彻夜无法入眠时，我下决心天亮就起床，可又有什么意义呢？或者在很困的时候熬夜？我非得跟自己耍点把戏不可，在好东西来的时候把它逮住。

漫不经心地工作到晚餐时间为止。

吃完晚餐，给玛读了《窄门》的前几页。花园的描写确实很好，但接下来呢？

五月七日，星期一上午

只要某个感觉可能对我有用，我就会质疑它是否诚实。这种对苦刑式琢磨的需求值得深思。

五月十日

我带了这个小本子，这样方便放进口袋。我喜欢把它带在身上，随时随地就拿出来写，比如像今天，我在理发店等着剪头发，想到什么就立马可以把它掏出来。另外那本太大，太容易耗功夫。

长久以来，我一直屈服于这种倦怠感和毅力的衰减。荒唐！如果纪律能让我创作出更多作品，就算它非常严苛，那又何妨！和我有潜力产出的东西相比，我到目前为止真正产出了多少？四年来，我只是在挣扎，在原地踱步。

星期日

昨天抵达屈韦维尔。天气异常美好，使得今天感觉很像我童年时代最快乐的一些时日。写这句话的时候，我坐在厨房上方的大房间里；在两扇敞开的窗户之间，温暖宜人的阳光从窗口洒了进来。唯一使我的幸福感变得不完整的，便是我在桌子上方墙面上的镜子里看到的那个疲惫的自己。（我需要按部就班地重新学习如何幸福。这是一种健身，就像举重锻炼一样；我们终究会成功。）

我的双脚沐浴在阳光中，脚上穿的是有绿色和蓝色镶边的拖鞋。阳光的暖意进入我的身躯，像植物汁液般在我体内升腾。若想获得完美的幸福，唯一需要做的就是别把当下这一刻与过往的其他时刻相比较；我知道自己没能充分享受某些过往的时刻，因为我把它们拿去跟未来的时刻做比较。美妙和快乐就充盈在当下这一刻，它绝不会比未来或过去的任何时刻更逊色。

昨天日落以前，我在庭园里走了一圈。斜斜地向网球场伸展的大苹果树对着最后几道光芒微笑，沙沙作响，变成了粉红色。几个小时以前，一场吓人的骤雨笼罩大地，天空中乌云密布。所有枝叶都因此变得娇嫩。尤其是那两棵大山毛榉树，它们的枝丫变成紫色——还不是纯正的紫色，不过清新透亮，闪动金黄光泽，如秀发般在我上方流泻。我从后方小门走到园外，再度看到夕阳，这时它前方的山毛榉林仿佛一座光灿的峭壁，一切都令我感觉如此温柔而美丽，如此崭新而耀眼，我几乎因喜悦而流泪。在我身上，眼泪不是悲伤的专属品；钦佩、动容、骤然而猛烈的怜悯之情、极端的喜悦，这些都可能让我流下眼泪。我很容易流泪，对此毫不在意，但我却不记得自己（在童年时期以后）曾为个人的哀伤流过一滴眼泪；在剧院里，光是听到"阿伽门农"[1]这名字就够了，我马上泪如雨下。我的情感透过这种伴随着它的生理效应获得保证，我确认它货真价实。

八点

出了门。本来应该走点路；结果又被园子耽搁了，我忙着在那里移植冬天的蔷薇树插条，并设法弄清乡下人称作"灰虫"的奇怪玩意儿到底是怎么回事，今年这种小怪物吃掉了我们所有的莴苣、草莓植株等等。我在园子里待了一个小时。风很大。我是在大街上写下这段文字的。我回家工作。已经很晚了！今天的时辰晚了，我的人生也晚了……

---

[1] 阿伽门农是古希腊神话中的迈锡尼国王。他是特洛伊战争中的希腊远征军统帅，凯旋回乡后却被妻子和她的情人谋害。

星期二

我永远不会成为大人，只会是个变老的小孩。我活得像个满不在乎的抒情诗人，却有两三个铁条般坚固的想法横亘在我的脑海中，把所有喜悦钉在十字架上；任何想要恣意展翅飞翔的念头都会被它们绊住。

星期六

持续失眠。我的傲气备受煎熬；要是天不赶紧亮起来，这样下去会让人发疯。是的，这个状态很容易进入，想要维持它却极为困难。

病人之梦 [1]。

为我制造痛苦的工匠！

等我状况变好的时候，这些坦白会令我脸红。赶紧工作吧。

头疼。我和我的思想之间仿佛隔了一道屏障。

---

[1] 原文为拉丁语 "aegri somnia"。——编者注

啊！我真的无法从自己身上强求更多东西了吗？

五月二十五日

苦难。迷惘。

我得中断这本日记；疲倦太折腾人了。

十月四日

想睡却怎么也睡不着，他厌烦了，于是起身；他沿着空无一人的走廊漫步。他努力想找回健康的睡眠，但徒劳无功。他的思绪在内心飘荡，仿佛一面被所有顺风遗弃的船帆。夜晚逐渐消逝，他倾听自己的志趣慢慢耗尽。

十二月六日或七日

有件事想来令人赞叹：在罗斯丹[1] 的剧作演

---

[1] 埃德蒙·罗斯丹（Edmond Rostand），法国剧作家、诗人，法兰西学术院院士，其最负盛名的作品为《大鼻子情圣：西哈诺·德·贝热拉克》。

出结束后，为他鼓掌的巴黎女人们想必都会觉得自己的品味堪比——我随便举个例子——伊丽莎白时代的英国女人。每场演出的观众心里都有属于自己的莎士比亚。

一九〇七年

一月二日

现在对我来说，重要的不是我读了什么，而是我用什么方式去读，我对它付出了什么样的关注。我必须想方设法对抗思想的失序和散乱。这就是为什么我重新开始写日记了；不是什么美妙的乐趣，而是一种训练自己好好创作的方式。

一月三日

那样的时光多么愉快——每一刻我都主宰着自己的时间，我把所有时段分配得妥妥当当，把它们完全填满；每一刻钟都带着自己的行囊奔驰而去。我所有的工作都事先排定；每天晚上就寝前，我就知道第二天要做什么。一项工作结束后，我神清气爽地进行下一项工作；我喜欢这种方法中包含的束缚，我强制让自己对自己高度忠诚，成为我决心要成为的那个人。

或许，若不是因为某种程度的僵硬，我不可能一直向前迈进。

星期一

我思想的混乱正反映出我房子的混乱，每个房间都在"受苦受难"。

我这种漂浮不定的性格还有一点好处，那就是它不懂什么叫后悔。

一月九日，星期三

午餐和短暂的午休后工作效率不错。翻译的修订工作让我仔细读了自己的《普罗米修斯》[1]

---

[1] 指《没有缚牢的普罗米修斯》德文版。

译本，并带着喜悦巨细靡遗地感受我在遣词造句方面的所有优点。整本书里我想改的句子不到四个。

我不能，我一直无法在事后修改文句；我为之付出的所有努力都是在字词融合的过程中完成的。只有在已经不可能再做任何修改时，我才会觉得一个句子是完美的。

沃尔特·西克特的展览，郁闷到令人想推翻对他的好感。我喜欢这种感觉。

星期日

皮埃尔·路易太"爱奥尼"，我太"多立克"[1]，所以我们没法意见一致。

---

[1] 爱奥尼、多立克和柯林斯是古希腊建筑的三种柱式。爱奥尼柱式的特点是较为纤细、秀美，被称为女性柱。多立克柱式较为粗大、雄壮，被称为男性柱。

二月九日

瓦莱里[1]永远不会知道，我得怀抱多大的友谊，才能假装若无其事地听他说话。他每次都让我遍体鳞伤。昨天，我与他共度了近三个小时。结束以后，我的全部心神都瘫倒了。

跟瓦莱里说话时，我仿佛陷入了一个可怕的境地：要么觉得他说的一切都荒谬透顶，要么觉得我做的一切都荒唐到家。假如他在真实世界里把他在对话过程中消灭的所有东西也统统消灭，我便不再有存在的理由了。而且，我从来没法跟他争论什么；他只是扼住我的喉咙，我则死命挣扎。

昨天，他向我宣称，（他非常肯定）音乐将成为纯粹的模仿；或者，更确切地说，它将只是越来越精准地以音符记录那些言语不再能表

---

[1] 指瓦莱里·拉尔博（Valery Larbaud），法国作家、诗人、评论家，译有惠特曼、乔伊斯、柯勒律治等人的作品，是纪德的好友，1952年获法国国家文学大奖。

达的事物，其中不再有任何美学考虑——只是一种精确的语言。

他还说："现在谁还管古希腊的事？我绝对相信，今天我们还称作'绝迹语言'的那些东西即将腐坏。我们已经不可能再理解荷马笔下那些英雄人物的情怀了。诸如此类。"

听完这种言论之后，我脑袋里每一条思路都歪倒了，比下过冰雹后的青草更难理顺。

五月一日

我状态很好，很快乐。我再度体验到了那种令人步履轻盈，却无从定义的精神感受。我飘了起来。

星期日

昨天读了厄普顿·辛克莱[1]的《迈达斯王传奇》，那玩意儿实在很糟，与文学完全无关。

---

[1] 厄普顿·辛克莱（Upton Sinclair），美国现实主义小说家，以创作"揭发黑幕""批判社会丑恶"的小说而闻名。

五月二十二日

昨晚观赏了施特劳斯的歌剧《莎乐美》。格翁又跟我们提到施特劳斯夫人的"名言"（这是弗朗西斯·维勒-格里芬讲的）——她觉得巴黎观众给她丈夫的喝彩不够热烈："看来是到了带上刺刀回来反攻的时候了。"或许只是胡说……

可憎的浪漫派音乐——那种管弦乐的语汇足以让人爱上贝利尼。只有某些喜剧色彩浓郁的部分（东方三王）或者一些病态的生动场景（比如希律王要莎乐美跳舞时，莎乐美不情愿的样子），还有希律王的人物塑造——只有这些展现出相当高超的创作技巧。拉塞尔也曾注意到雨果作品中某些具有喜剧色彩的夸张文字特别值得赞赏，还有瓦格纳的歌剧《纽伦堡的名歌手》也一样。造成缺陷的原因也相同：不得体的方法、单调的效果、令人厌烦的强调、明目张胆的不真诚；不加区分地调动一切资源。雨果也好，瓦格纳也一样，当他们想运用隐喻表达某个想法时，他们不加选择，结果反而没法让我们看到任何隐喻。彻头彻尾地缺乏美学考量。系统性的浮夸……这种缺陷甚至不值得我们浪费心思去研究。倒不如一股脑地斥责整个作品，然后等待刺刀杀来，因为这种艺术才是真正的敌人。

六月十六日

当前几乎所有的文学创作以及"读者"在其中自得其乐的现象，无不令人感到无比厌恶。我越来越强烈地感觉到，若要我和那些人取得相似的成就，我是不可能满足的。宁可从中抽身。要懂得耐心等待，就算等到死也心甘情愿。渴望不被认可，这是最高贵的耐心的玄机所在。起初，我用这样的措辞为自己的骄傲买单。现在不必了。骄傲的高度与轻蔑的深度成正比。

七月二日

我只是个爱玩的小男孩——同时也是个无聊的基督新教牧师。

十月二十四日

我开始厌倦身不由己这件事。一旦某种伟大的狂热不再支撑我，我就会挣扎。受伤的自尊从不曾带来任何有价值的东西，但有时我的骄傲会遭受真正的打击。有些日子，我就像活在噩梦中，成了一个被活活埋进坟墓里的人。这种悲惨的状态是值得了解，值得亲身经历的。等我走出来以后，我会再写这件事。

我想到济慈。我心想，只要有两三个人像我这样带着热情欣赏他，就足以让他的诗作焕发生机。这是徒劳的努力；某些时刻，我感觉自己在沉寂中凋萎。

十二月八日

司汤达书信集。

对我而言，司汤达从来不算什么食粮，不

过我仍旧一再重读他。那就像我的乌贼骨[1]，我拿它来磨我的喙。

十二月十二日

思想再次脱节、错位；肉体虚弱、躁动不安、心烦意乱。我的整个机体仿佛一幢隔音太差的房子，从阁楼就可以清楚听到厨房和地窖里发生的一切。

十二月十三日

狂风吹了一整夜，又可怕又令人赞叹。我的思绪仿佛也被风吹起，像风筝般被刮走——系了弹力线的风筝。

我找到了保罗·克洛岱尔的一封信（一八九九年），我又把它看了一遍。"你的思想没有

---

[1] 乌贼体内坚硬的贝壳状结构，养鸟人士用它来给笼中鸟当作磨喙用的玩具，同时也可以给鸟类补充钙质。

坡度。"他这样告诉我。这正是我所需要的。没有比这更适合我的赞美了。

一九〇八年

一月二十五日

《柏林日报》进行一项调查。

调查目的是在瓦格纳逝世二十五周年之际，询问"欧洲各国艺术界及知识界权威人士对瓦格纳主义 [1] 所造成的影响（特别是在法国）有何看法"。

我这样回复：

　　我对瓦格纳这个人和他的作品都感到

---

[1] 瓦格纳被认为是浪漫主义的巅峰人物，他在承接莫扎特的歌剧传统基础上，开启了后浪漫主义歌剧作曲浪潮，提出"整体艺术"的概念。同时，"瓦格纳主义"在宗教、政治、思想等层面都有深远影响。法国是最先受到"瓦格纳主义"影响的地方，包括波德莱尔、马拉美、高更、罗丹在内的众多艺术家，都将"瓦格纳主义"视为通往现代化的道路。

极度厌恶；我对他的强烈反感从孩提时代开始就不断加剧。这位旷世奇才并没有让人高山仰止，反而让人倍感压抑。他让无数势利小人、文人和傻瓜相信他们热爱音乐，并使某些艺术家相信天赋可以靠学习而获取。德意志恐怕从来不曾制造过如此伟大却又如此野蛮的产物。

二月八日

维尔哈伦[1]过来把他的《斯巴达的海伦》的一些段落读给我听，很精彩。

我们聊到德彪西。

"他好温柔！"某某夫人曾说。

"哦！不是这样，夫人，"德彪西夫人回道，"他喜欢跟人亲热。"

---

[1] 埃米尔·维尔哈伦（Émile Verhaeren），用法语创作的比利时诗人、批评家，象征主义流派的创始人之一。

二月十四日

我还真不知道莫里哀的创作速度这么慢！勒迈特在他的第三场演讲中引述了路易十四统治晚期博学家格里马雷的这句话，非常重要："他创作得不快，可他也并不因为人们误会他是急功近利的人而生气。"

安德莱跟马塞尔·德鲁安说他曾经有机会看到一些尼采的书信，那些书信由于种种原因尚未发表。我们从中得知，他在巴塞尔大学开的课完全不受欢迎。我们还发现他看不起自己的妹妹；他称她为"一个大蠢婆"[1]。

瓦莱里说："那些人啊，他们屁股朝教堂，脑袋朝学术院。"

到意大利旅行——三月二十日回来。
每天写信给玛。

---

[1] 原文为德语"Eine dumme Gans"。——编者注

写关于陀思妥耶夫斯基的文章（是要给《大杂志》的）。

对这本日记全然意兴阑珊。

五月十六日

今天晚上到德鲁奥街参加德吕埃[1]主持的凯斯勒伯爵拍卖会。

现场拍卖的作品包括一幅博纳尔，画得相当糟糕，不过颇有情趣，是个正在梳妆的裸女，之前我已经在什么地方看过这幅画了。价格升得很慢，四百五、四百五十五、四百六。忽然间我听到一个喊价声："六百！"我大吃一惊，那声音居然是我自己发出来的。我用恳求的眼神环顾四周，希望某个人会出价更高——因为我实在不想拥有那幅画——结果没人出价。我感

---

[1] 欧仁·德吕埃（Eugène Druet），法国摄影师、画廊老板，也是罗丹的御用艺术摄影师。——编者注

觉自己脸色涨得通红，身上冒出大颗汗珠。"这里好闷。"我对勒贝说。我们离开了会场。

真荒唐，这种一时的冲动。我记得我以前就在德鲁奥街干过这种事。最蠢的是，事后我居然会怨自己。我这个人通常很难感到心甘情愿。

七月二十八日

在巴尼奥勒－德格勒纳德停留八天。

阅读柏格森[1]——没读得太深（《创造进化论》）。这本书的重要性令人钦佩，哲学思维透过它再度找到了出口。

但愿人类的智慧能在持续的外部世界中切割出一些它能够引起作用的表层；其他的可以不受它管制，它不必考虑那些……

---

[1] 亨利·柏格森（Henri Bergson），法国哲学家，1927 年诺贝尔文学奖得主。

瓦莱里·拉尔博写的这些诗真有意思。读它们的时候，我意识到我在《地粮》里应该更厚颜无耻些才对。

提到瓦莱里·拉尔博，菲利普是这样对勒伊特斯说的[1]：

"纪德在他旁边显得像个穷小子，能够认识这样一个人真是人生一乐。"

一九〇九年

一月

屈韦维尔的本堂神父来探望可怜的米乌斯先生，他已经在床上躺了十二个星期了。斑疹伤寒逐渐侵袭了他的所有器官；据左邻右舍说 他已经"病入膏肓"。他原本认为自己快好了，很快就可以下床活动，结果静脉炎发作了。他搞不清楚医学名词，只管这玩意儿叫"血

---

[1] 两人皆为《新法兰西评论》创刊人之一。

管病"。

"这个嘛！我有个点子，"本堂神父说，"圣女贞德刚被封圣，这位新圣人还没能发挥多大用处，也没给我们带来过什么麻烦，我们干脆就帮她做个九日礼吧……"

可怜的米乌斯开心极了。九日礼结束后，神父回来探望他。在他本该痊愈的那天，他的第二条腿居然开始肿得吓人！这个老实家伙写信来对我们说："啊！神父实在太容易上当了！"

"你们要知道一件事，"神父解释道，"圣人有很多，每个圣人都有其专长。圣女贞德的专长是什么，我们还不清楚；只有试试看才能知道。结果我们弄错了……没关系，我们到别处去找。"

几天以后，朱丽叶·米乌斯在市集里碰到一名同村的老妇人。

"怎么不早告诉我呢！我有办法解决你的烦恼。身体肿胀这种问题，只能求一位圣人，我已经帮我先生祈祷过了。"

"是哪位圣人？"

"圣依多皮克。"

"小姑娘，你一定是弄错了，"本堂神父对朱丽叶说，"想必你没听清楚你老乡的话。并没有圣依多皮克这位圣人，你指的应该是圣厄特普。我是想过他，他正好就是屈韦维尔的守护圣人。我衷心相信他会特别眷顾你们。"

三月二日

带着欣喜若狂的心情动身前往罗马。

七月十一日

"卓越不但总是罕见，而且难以获致。"（斯宾若莎《伦理学》最后一句。）

屈韦维尔，九月和十月

看了一些关于《窄门》的批判。他们还是不愿意承认，在我的心灵和头脑中，曾同时存在几本不同的书，而且现在依然如此。它们只是先后被呈现在纸张上，因为要同时出版好几本书是不可能的事。无论我正在写的是哪本，我从来不会将全部精力投注给它，而在某一时刻最强烈地要求得到我关注的主题，在下一刻可能会转移阵地，在我内心的另一端发展。

我的思维轨迹不易追踪；它的曲线只会透过我的风格显现出来，而且很多人无法实际察觉到它。如果某个人以为他终于在我的最新著作中捕捉到了我的样貌，那他就该擦亮眼睛了：我总是跟我的最后一个新生宝贝长得最不像。

若想描写好某个事物，就不可以凑得太近看它。

十二月三日

今晚读了《一盘双陆棋》——我又感受到作者非得成功不可的决心，以及他无用的完美主义倾向，这令我难以忍受；每次重读梅里美时，我都会因此而恼火。

真正的主题没被揭示出来：一个有名望的人在玩双陆棋时作弊——仿佛这样就够了。可他赢了，而且赢了四万法郎。他的对手则自杀了。他不禁感到懊悔。但假如那个荷兰人没自杀，他会怎么做？假如他只赢了一点点钱，他又会怎么做？这才是我感兴趣的。其他那些都只是社会新闻而已。

他会怎么做？他会继续作弊下去，而这样的情节将非常可悲。因为好人和坏蛋之间并没有本质上的差别。好人会变成坏蛋，这才是可怕而真实的东西。在"罪孽"的道路上，人唯一要付出的代价便是踏出第一步。有人说过，女人比较容易没有情人，却很难只有一个情人。

这就是《梵蒂冈地窖》中拉夫卡迪奥的故事。

当我不再愤慨时，那将代表我开始迈入老年。

　　对我来说，"真诚"是最难理解的词语之一。
我见过好多年轻人，他们都以"真诚"自夸！……

　　一般而言，所有怀抱既定认知、不具批判
精神的年轻人，都会认为自己是真诚的。

　　而"真诚"与"放肆"受到了多么严重的混
淆！在艺术中，唯有当真诚是艰难辩证后所得
的结果时，我才会在乎它。

十二月三十日

雅姆的傲气。

　　它仿佛一种被打破的平衡，一种缺憾，令
我感到困扰；在对非自身的东西完全无知的情
况下，雅姆才得以拥有他那身傲气。他把考虑
非自身的东西称为"讨论"；自然而然，他对讨
论深恶痛绝。

　　有一种真诚在于努力探求真理，而雅姆永

远不会懂得这一点。正如拉封丹[1]所说，"假如水把棍子折断了"，他永远无法透过思想把它"重新立起来"。我当然知道，不让理性过早介入，这本质上是一种诗意，而矫正判断经常无异于扭曲感受；但艺术在于保持感觉的新鲜，并且不让它妨碍任何事情。这个脑袋瓜的结构真奇特！我们不能责备它什么，因为审视和检验的精神会破坏它。他也不会设法真正看见自己，此外，假如他不是这么相信自己拥有天赋，他的天赋就会减少。

　　我这番话说得语无伦次。总结一下吧：若要成为诗人，必须相信自己的天赋；若要成为艺术家，则必须质疑自己的天赋。倘若在一个人心中，不断的怀疑能带来信念，他便是真正强大的人。

---

[1] 让·德·拉封丹（Jean de La Fontaine），法国诗人，世界文坛三大寓言作家之一，所著诗体《拉封丹寓言》闻名于世。

一九一〇年

一月十六日

我从布瓦莱夫那里得知，肖梅很乐意在《论辩》上发表一篇关于《窄门》的文章，结果我反而变得没办法跟他说话，也不知道该说些什么。世上最令我紧张的事就是知道和善可能会对自己有用。

一月二十日

格翁跟我在一块，方才他陪我拜访了诺瓦耶伯爵夫人 [1]。去那里主要是为了向她拿一篇探讨《母与子》的文章，是她答应帮《新法兰西评论》写的。

---

[1] 指安娜·德·诺瓦耶（Anna de Noailles）伯爵夫人，法国女诗人，获得法国荣誉军团高等骑士勋位的首位女性，也是比利时皇家学院的第一位女院士。她的身边常年聚集着普鲁斯特、雅姆、纪德、瓦莱里等众多作家、诗人、艺术家。

完全无法在对话过程中做笔记。德·诺瓦耶夫人语速飞快，句子在她的唇上挤压、碰撞、融合；她可以一口气说三四个句子。仿佛许多想法、感觉、意象被制成五彩缤纷的水果软糖，搭配着手掌及手臂的灵活动作；特别是她那双媚眼不时往空中抛去，同时神色变得沉醉，那并不是演得太过火，而是受到太热切的鼓舞。

亨利·格翁刚从奥尔赛回来，一副多瑙河乡下人的做派，大鞋子沾满污泥，但像往常一样潇洒自在；对这席谈话，他比我原先料想的更有兴致、更受吸引。确实，这位出类拔萃的女诗人个性冷静沉着，思维却灼热滚烫——除非竭力挺直背脊，否则凡人很难不拜倒在她的石榴裙下。

埃尔切

跟过去在塞维利亚时一样，穆尔西亚最令

我欣赏的地方是那些名为"圈子"的会社。这些圈子其实都是长方形的，内部结构有点类似公交车，只是空间大得多。两排宽大的扶手椅遥遥相对，紧挨着两侧墙壁。每张扶手椅上都坐着一位"圈员"，这些社员边抽雪茄，边斜眼看路人走过。路人经过时，也看着抽雪茄的人。一块巨大的半透明反光玻璃将社员与路人隔开：从外面看，"圈子"仿佛是个大水族箱。

比较不摆姿态的会社跟街道处于同一平面。（这条街上几乎没有车辆通过。）有些会社则会稍微挑高，使社员的膝盖大约与路人的视线齐平。坐着的人居高临下。圈子里没有书和报纸，除了雪茄以外没有其他食物；扶手椅之间相距太远，想交谈也不可能。几条多宝鱼就这样闷在那些水族箱里，我看到其中一处门面上写着"教学圈"。

巴黎，四月十五日

邓南遮[1]，这人比往常显得更矜持、紧绷、压抑；更猥琐，也更活泼。眼睛不带善意，没有温柔；声音乍听似在爱抚，实则有奉承讨好之嫌；嘴巴显得贪婪，不乏残酷；额头相当好看。他身上没有任何足以让他成为天才的东西。意志少，算计多，缺乏热情，就算有也很冷淡。接触到他以后，通常所有先前迷上他作品（应该说"被他作品迷惑了"）的人都会感到失望。

四月二十四日

从屈韦维尔回来后，钢琴练得一直很顺利。在用三度音程和六度音程弹奏肖邦的《船歌》和《G 大调夜曲》之后，我又敢挑战贝多芬了。

---

[1] 加布里埃莱·邓南遮（Gabriele d'Annunzio），意大利诗人、小说家、剧作家，意大利唯美派最具代表性的人物。

我几乎不再出门，每天早晨醒来时，我都会欣喜地感受到，一长串美妙时刻在我前方徐徐展开。我立刻开始奋笔疾书（《伊莎贝尔》），不过称不上全心全意地创作，也无法确定我正在写的东西就是我本来应该要写的。就我的品味而言，现在的基调跟《窄门》之间差别不够大，所以我得放慢速度，写得更细腻些。我畅想着《地窖》，我希望它的风格能够放肆不羁、截然不同。

最近的一些风流艳事在我心中留下难以言喻的嫌恶。

五月二十三日

要是我今天就死掉，我的所有作品都会消失在《窄门》身后；后人会在乎的只有它。

屈韦维尔，六月十三日

我一天到晚不停地对自己说，我已经四十

多岁了，这有什么意义呢？我从不曾感到如此
年轻。

我之所以让意识变得如此挑剔而仔细，不
就是为了能在有些时候带着更大的喜悦排斥
它吗？

六月十五日

每年回到我的花园时，总会感受到同样的
沮丧：珍稀品种消失了，常见、平庸的品种赢
得胜利。"反达尔文"的尼采写过："幸运的案例
被消除……平凡的类型，甚至低于平均的种类，
无可避免地居于宰制地位。"尼采还说："占
上风的不是那些幸运的偶然性、被选中的类型，
而是那些堕落的种类。"后来还说："自然界对
那些受幸运眷顾者很残酷；对那些卑微者……
平凡或低劣的种类，则饶恕、保护、疼爱有加。
后者具有强大的繁殖力和持久性；前者则面临
不断加剧的危险，以致迅速毁灭、数量减少。"

假如我的猫要找只鸟吃，会唱歌的莺鸟绝对比平凡的麻雀讨喜。

六月十七日

啊，巴雷斯！我从自然之书中听见的教诲与你的是多么不同！我真佩服那些在幼崽能够自力更生后就立刻把它们赶走的动物。如果土地无法长期孕育相同的作物，这并非因为土壤变得贫瘠，而主要因为——根据最近学界发现的所谓"外渗现象"——每株植物都会通过根部分泌出一种毒素，以毒害与它相似的植株。

六月十九日

每年夏天，我都会重温法布尔的著作，到了秋天再不舍地放下。在成为文学家以前，我曾是个"自然学家"，自然界中形形色色的故事向来比小说中的情节更能启迪我。

六月二十一日

睡眠永远不会在黑色幕布下向我袭来。入睡前总会出现某种幻象，我透过它逃离现实；因此，我真的可以说，我总是一边做梦一边入睡。

七月十二日

不可或缺的感觉。自从写完《安德烈·瓦尔特笔记》以后，我还不曾像现在写《田园牧人》时这样强烈地感受过这种必要性。我担心别人会抢先我一步。我觉得，这个主题似乎飘浮在空中，而且非常讶异竟然没有人在我之前伸手摘取它。在写《安德烈·瓦尔特笔记》的时期，我几乎是冲刺着去看一些书（比如爱德华·罗德的《冲向死亡》）……要是现在也这样就好了！

我在写《地粮》时也感受过相同的担忧。

昂蒂姆·阿尔芒·杜布瓦 [1]……他老觉得太热。白色斜纹布长裤，羊驼毛背心，小立领（前方挂着放大镜），打平结的黑色丝缎领带，草帽。灰眼睛。方正、平整得惊人的指甲，永远平贴在头上的灰黄头发。

驱车往马赛的路上

在享乐之余，还能英雄般地预感到享乐的不便。赶在黎明前出发，与风雨奋力交缠，被正午的骄阳炙烤，在时辰及地域的不确定性中与饥饿和睡意周旋，在狭窄的山脊上设法维持自己生命的平衡，只在遁逃的艰难中允许自己获得救赎。

在我认识的年轻人中，对汽车最狂热的是那些过去对旅行这件事最缺乏好奇心的人。个

---

[1] 《梵蒂冈地窖》第一卷中的人物，一名居住在罗马的共济会医生。

中乐趣不再是游山玩水、走访城乡，甚至不是快速到达某个地方的感觉，况且那里不再有什么吸引人的东西。乐趣恰恰在于"快速前进"本身。尽管品尝到的感觉跟登山的感觉一样彻底缺乏艺术，甚至是反艺术的，我们还是得承认它们是强烈而不可化约的。经历过这种感觉的时代将承受它所带来的后果；这是印象主义的时代，快速而肤浅的时代。我们不难猜到它的神祇、它的祭坛会是什么；在不敬、冒失、轻率的强大作用下，它还得为此做出更大的牺牲，不过是以一种无意识或者不言明的方式。

有了一切良性精神要素的参与和默许，艺术创作才能开花结果。

卡瓦利耶尔，八月

我发现我有一个倾向：专门注意其他人身上那些能使他们优于我的部分。

在蓬蒂尼，我们这群人多么可笑！我连自

己一个人的时候都已经很难认真对待自己了，
更何况……这里的每个人都让我觉得自己仿佛
正在裁缝店的试衣间里，周围是一面面互相映
照的镜子，试图在他人的心神中寻找自己的多
重影像。我们不由自主地摆出姿态，弯下腰，
我们多么希望能清楚看到自己的背面！

美学

重点绝不仅仅在于创造出最能揭示人物性
格的事件，而在于人物性格本身必须促成的事
件（参见《科利奥兰纳斯》《哈姆雷特》）。后
续的一连串事件就是性格的发展过程。（麦克
白——他无法逃离自己性格的塑造。）

或者，正相反，揭示人物本性的事件已经
发生（索福克勒斯、易卜生），剧情铺陈则是在
循序渐进地阐明它：典型代表便是俄狄浦斯，
他从无知的幸福走向不幸的认知。

范德费尔德[1]寄给我一份《柏林日报》副刊，里头有一篇关于尼采的文章，是卡尔·格奥尔格·文德里纳写的，八月二十二日刊出。文章里有这么一句：尼采就这样以青年败坏者之姿名垂青史。[2]

这可能是最令人跃跃欲试的人生路径。

小说

他会说："我对享乐的嗜好一直强烈得可悲可叹，它可说已到了支配一切的地步。不过，经常有一种好奇会先行出现，甚至支配我的欲望。情趣的无谓邀约有时会使我错失整个旅程。"

---

[1] 亨利·范德费尔德（Henry van de Velde），比利时设计师、建筑师，比利时新艺术运动的重要人物。

[2] 原文为德语。——编者注

十月十七日

某些日子里，我的心神跟我的身体一样，随便动一下都会痛苦。一个微笑或一句话都会伤害到我。我的一言一行都令我感到不快。里维埃今早的来信中有这么一句：《巴黎日报》那边不喜欢你。短短一句话，毒害了整个上午。

我担心自己很快就不得不与一个正在被制造出来的虚假形象战斗，一头被赋予了我的名字、跃跃欲试想替代我的怪兽，丑陋愚笨得令人害怕。

某些批评家骨子里不正直。

十月二十日

昨天晚上给玛念了我已经写好的部分，也就是到主人公第一次离开卡尔特富尔什城堡的桥段。层次太多了，语气太不连贯了。等我写《地窖》的时候，我干脆在一个平淡的语气旁边，再摆上一个平淡的语气好了。

第八分庭，十一月十四日，星期一[1]

前天晚上把我的小说写完了——完成得太过轻松，以致我担心自己没能在最后那些段落中投入我应该投入的一切。

现在该是我跟某些习惯、某些行文上的沾沾自喜一刀两断的时候了。我想立刻试着这么做。而且巧得很，这本笔记本刚好写满了，可以开始用新的本子，在里头训练自己，培养一些新的关系。不要活在自己过往的足迹上。

不少人都察觉到，我写得最完美的作品其实是《阿敏塔斯》。大家都在里头寻找一些关于地域风情及民俗的具体描述、生动刻画和实际信息。他们只在里头找到了那些我在其他地方——在法国、在任何地方——同样可以写得很好的东西。这本书的秘密价值，我能对谁诉说？仅寥寥数人；其他人会觉得失望。

---

[1] 指巴黎法院第八分庭。1910 年至 1911 年，纪德以陪审员身份参与了一些案件审理工作。11 月 14 日这天，他出席审理了一名少年的偷窃案。

　　那时喜欢待在迪克玛尔夫人身边玩乐的保罗·阿尔贝·洛朗斯每晚都在比斯克拉的赌场里度过。我消磨夜晚的地方则是一间低矮、光线昏暗的铺子，它白天是一间卖散沫花染发料的小商店，到了晚上，贝希尔、穆罕默德、拉尔比、贝希尔的弟弟，还有他们的其他几个朋友喜欢聚在这里。一伙人一块儿玩猜牌赌博或跳棋。贝希尔会泡咖啡给大家喝。装了大麻渣的小烟斗在唇间传递。我跟阿特曼开玩笑说这个沉闷的地方是个"小赌场"。没错，我每天晚上都在那里打发时间。我在那里都干了些什么呢？现在我会这样问自己。我不抽大麻烟，没跟他们赌博，而且没爱上他们中任何一个人。我却爱上了那种氛围、那片阴影、那份寂静，以及他们的陪伴。他们就算不是英俊非凡，至少模样也修长优雅；我以前也谈过这些人。我很清楚，今天的我更加躁动不安，唉！我现在已经更加放荡不羁，在类似的场合已经不可能再像过去那样只是在旁凝望冥想。在我夜夜前往该处的那两个月期间，我不曾把自己的欲望投射在任何特定的人身上。这让我得以无休止地延长我的快感。时间自然流过；从那以后，我再也不曾如此彻底地失去对光阴、年岁和时辰的概念。那完全不是因为大麻的加持。

十二月一日

莫扎特是被时代隔得离我们最远的音乐家：他只是用含蓄的方式表达，现在的观众听到的却只有尖叫声。

十二月五日

莫克莱 [1]。他的笔锋有点太容易激动了。

我开始一点一点慢慢看《鲁滨逊漂流记》，感到一股由衷的佩服。

---

[1] 指卡米耶·莫克莱（Camille Mauclair），法国诗人、小说家、旅行作家、艺术评论家。

一九一一年

一月六日

只有在看伦勃朗的画时真正觉得感动。年轻男子躺卧着的赤裸身体，领主献上一朵花（所有透视线都被消除，肩部从正面看没有暗示的迹象，令人赞叹。因为预见或先验地意识到效果，每个暗示都有了自己的说服力）。

回来以后写信给勒伊特斯。钢琴练得很顺利。我开始能够随心所欲地驾驭肖邦的第一首和第三首圆舞曲——用我认为它们应该被弹奏的方式。

在布鲁日待九天（五月）

到韦贝克印刷厂核对《人质》[1]《母与子》[2]

---

[1] 保罗·克洛岱尔的作品。
[2] 夏尔－路易·菲利普的作品。

《尹莎贝尔》《田园牧人》及六月号杂志[1]的校样。

在自己与世界之间设置一道简单质朴的屏障。没有什么比自然不造作的特质更能令他们失去方寸。

我喜欢一个老实人的友谊、敬意和赞赏，胜于一百名记者的颂扬。可每名记者发出的声音都能超过一百个老实人的；如果笼罩在我作品周遭的不是少许寂静，就是无数贬损的噪声，你也不必感到讶异。

小说

他很老实——而且就算他愿意拿出一些武器立付对手，他也会对它们的质量有所顾忌（他

---

[1] 指 1909 年创办的《新法兰西评论》。——编者注

永远无法摆脱这种忌惮）——使他的对手在对付他时占尽优势。劣势。

小说

X 性格慷慨，甚至可说具有骑士精神，有点乌托邦式的幻想倾向。因此他会与基督教情感对抗（他是犹太人）；他的慷慨中并无道德教诲的意涵。他让妻子陪伴 Y，这个不幸的朋友已经被苦恼折磨了五年。Y 和这名妻子并没有真正发生奸情，但某次在剧院排练时，他们以为化妆间的黑暗能保护自己；一群演员还是瞥见他们拥抱在一起。这个插曲很快就被口口相传、添油加醋……丈夫展开一场对抗幽魂的斗争；他无法保持高尚的态度，腐朽的环境使他沦落到"戴绿帽"的低俗境地。

屈韦维尔

X（也即后来的我）常说，年龄没有迫使他放弃任何乐趣，除非他自己已差不多厌倦了它。

泉源庄，十月十五日

继续写《地窖》。拉夫卡迪奥在马车那件事发生以前想必已经遇见了普罗托斯。

十二月二十一日，《地窖》

有必要把衣服底下的裸体描绘成像大卫那样，也得在我的人物身上看到那些我自己无法运用的东西——至少是那些不能在外表上显现出来的东西。

拾遗

浪子

无论名叫圣保罗、路德[1]、加尔文[2]，透过

---

[1]　指马丁·路德（Martin Luther），16世纪欧洲宗教改革运动发起人、基督教新教的奠基人之一。

[2]　指约翰·加尔文（John Calvin），16世纪宗教改革时代法国著名的宗教改革家与神学家，创设了被称为"加尔文主义"的基督教神学体系。

他，我感觉上帝的所有真理都暗淡无光。

小小说

我那深具创造力的心神汲取养分的来源主要是尚未成形之美。简约洗练（剔除了一切丑陋）的艺术作品之所以让我觉得有趣，是因为它将某种较为完美的和谐固定了下来，让人感受到持久性。我对人生的兴趣更大，它扑朔迷离、转瞬即逝，因此更具戏剧张力，更荡气回肠。比起想象出来的完美和谐，个性纠结致使和谐扭曲变形的现象更能吸引我。对我而言，艺术意志并不只是选择适当的线条、色调或声响，并借此创作出和谐的作品，它更是一种施加于和谐状态的力道，目的是根据个人特质，在原有和谐中制造偏差（变形）。人的痕迹是我在每件作品中寻觅的东西。

人类之所以不至于消灭自己，只是因为有制约的存在。

一切毁灭的根源都在我们体内，只是被人为地控制了——这就是文化。

小小说

阿维尼翁[1]。

松树的气息，薰衣草的芬芳。

桥拱后方，水流缓缓制造着巨大的漩涡。

想到这件事我就感到难过：以后，我的记忆力会衰退，它将不再能向我呈现出今天这般鲜活的感受，这些感受将失去清晰的轮廓、多彩的特点，只会像那些褪了色的奖章一样出现在我眼前，唉！看上去多么陈旧，就像其他奖章一样，唯有那隐约闪现的金属光泽在低声诉说它从前有多珍贵。

我相信，任何天才都不会被"规则"所阻碍。

---

[1] 法国南部城市，历史悠久，被誉为法国的艺术与历史之城。

法国戏剧理论中的"三一律"[1]、古希腊戏剧不能有超过三位演员的规定等等，皆是如此；拉辛、高乃依、埃斯库罗斯都极好地证明了这点。

一般而言，对规则的违抗精神源自对现实主义的无知服从、对艺术目的性的误解，以及经验主义似是而非的渗透。这种渗透希望通过一种卑鄙可耻的概括性观点责难艺术，专挑艺术那些仿佛有卖弄技巧之嫌的部分下手，将一切超自然的美感都说成是造作。

"同学，你似乎没弄懂，"从前我亲爱的利翁老师常这样告诉我，"有些字词本来就是要跟其他字词一起使用的；它们之间的关系是无法改变的。"

"老师，我能怎么办？我深深相信对字词而

---

[1] 三一律(unités)，法国古典主义戏剧家从亚里士多德的《诗学》中引申出来的三项原则，规定戏剧结构必须遵守时间、地点和行动的统一性原则，即故事需在一天之内发生，只有单一的场景、唯一的情节。——编者注

言，交坏朋友也是有好处的。"

不要轻易相信"前景"；一切看似美好的计划都变得特别快。

克勒斯，抑或是罗得之妻[1]？前者踟蹰不前，后者忍不住回头，而这正是最严重的踟蹰不前。

还有阿里阿德涅，她设法让忒修斯在杀死弥诺陶洛斯之后顺利回到了原点。

在《忒修斯》中，有一点非常重要，用粗话说就是"脚上的线"[2]。他希望在制伏弥诺陶

---

[1] 罗得为《圣经》中记载的人物，摩押人和亚扪人的始祖。他曾居住在罪恶之城所多玛。上帝决意毁灭所多玛时，派天使营救罗得，于是罗得携妻女逃亡。天使叮嘱他们不可在逃命时停留或回头看，但罗得的妻子忍不住回望，结果化为一根盐柱。

[2] 原文为 "le fil à la patte"，原指用来绑住鸟兽使其无法逃走的线，后来衍生出早期巴黎俚语中的 "avoir le fil à la patte"（脚上绑了线），意为受到牵制、负有责任，现已成为惯用语。

洛斯之后能够继续生活下去。他有义务，或者该说他不得不返回。

我并不是不喜欢隐喻，可即便是最浪漫的隐喻也令我无动于衷。由于卖弄技巧令我反感，我禁止自己运用隐喻。从《安德烈·瓦尔特笔记》开始，我就尝试着一种风格，企图追求一种更隐秘、更接近本质的美感。

马里内蒂缺乏天赋，这使得他能够放胆胡来。他以类似斯卡平[1]的方式，把几个天真的读者哄得很高兴，一个人就能发出整场暴动般的声音：进地狱吧！进肚皮！

（《饕餮国王》[2]出场！）

他跺脚，他踢起尘土，他骂人、加冕、屠杀；

---

[1] 法国古典喜剧及意大利即兴喜剧中的典型男仆角色，通常不可靠、胆小怕事。

[2] 马里内蒂的剧作。

他刻意安排矛盾、对立、阴谋诡计，借机以胜利者的姿态趾高气扬地离场。

顺道一提，除了邓南遮之外，他是全世界最迷人的男人；他具有典型意大利人那种活泼、热烈的性格，经常把滔滔不绝当成雄辩，把排场误认成丰富，将骚动视为灵气，把焦躁不安看作神赐激情。十年前他来见过我，向我施展了他那傲视群雄的亲切和殷勤，结果事后我不得不逃到乡下求个清静。假如后来我再跟他见面，我就倒霉了——我恐怕会在他身上看到天才。

苏亚雷斯 [1]

在著名的"三一律"之外，我很乐意加上第四个"一"：观众的统一。这意味着，无论戏剧或书籍，诗歌创作都必须从头至尾面对同一

---

[1] 安德烈·苏亚雷斯（André Suarès），法国作家、诗人、评论家，与纪德、克洛岱尔、瓦莱里并称为《新法兰西评论》的四大支柱。

位读者或观众。

"风俗就是一个民族的伪善。"（巴尔扎克）

"如果爱情一如布封[1]所言，存在于触觉中，那么这肌肤的柔美一定跟曼陀罗的香气一样奔放而沁人心脾。"（巴尔扎克，《农民》）

"夷为平地并非上帝所为，而所有良善之人必然都曾在某些时刻想为这场毁灭性的造化而悲泣。"（克尔凯郭尔）

一九一二年

一月十四日

……不过这里的情况跟音乐一样，在音乐中，某个升 G 大调和弦的意涵会因为沿着升音或降音走过的不同路径而有所不同，而且对听觉敏锐的人而言，它的质地也不同于降 A 大调

---

[1] 布封（Buffon），法国博物学家、作家，著有《自然史》。

和弦，即便两者是由相同的音符组成的。

前天晚上，我与保罗·阿尔贝·洛朗斯进行了一场精彩的谈话，他让我隐约看见以完全不同的模式创作《田园牧人》的可能性。他希望我据此写出一部跟《浪子回家》一样严肃的作品，他的话令我沉思许久。

一月十五日

又少一天可活了。我再次对自己说了勒南那句名言，先前我已引述过："要想自由地思考，就必须确保所写的东西不会引发后果。"

纳沙泰尔，"美景"旅馆

我是否已经抵达经验的尽头？现在我还能振作起来吗？若想做到这点，必须明智地运用所剩无几的精力。就我目前的状况而言，如果立刻冲进告解室就能解决问题，那该有多好！既要驾驭自己，又要服从自己，这是多么困难的事！可有哪位良知的导师能够细腻地理解我这种浮动、这种激情澎湃的犹豫不决、这种对立统一的能力呢？那么坚决、那么不辞辛劳地进行去除人格的工作，是怎么回事？唯一能为这样的努力提供解释和托词的，是那些只有通过非人格化才能创造出的作品，而我为了成就那些作品，才竭力压制自己的喜好。客观方法的荒谬（福楼拜）。不再是自己——成为所有人。危险地想要让自己的帝国无限化。拿破仑要征服俄罗斯，不得不拿法国冒险。有必要把边境与中心相连。是该回去的时候了。

（这将是《亚历山大到印度》的主题。）

欲望持续处在飘忽而泛滥的状态，这便是人格败坏的主要原因之一。

迫切需要振作起来。

没有明确的目标，就绝不出门；坚持这点。

走路时不要四处张望。

乘火车时，随便坐进任何一个车厢；乘地

铵时，走进第一个出现在眼前的门，不要再去寻找更好的门。不要蔑视微小的胜利。说到意志力，"多"只是"少"持之以恒叠加之后所得的成果。

戒除任何形式的浮动。

苏黎世，星期二晚上

今天早上我所写的一切在不久的将来都会令我觉得荒谬。我已经感觉好多了；这清新的空气让我重拾力量。我正在恢复体力。这种状态正是我想要的；由于害怕自己不过是某某人，而我一直想要成为的是所有人（这是完美小说家的状态），不过只要我一衰弱下来，我就不再是任何人了。

亚历山大大帝以征服者（而非旅行家）的姿态在新的土地上前进；他要寻找世界的边界，等等。

安德马特，一月二十七日

我又来到了这里，这个"上帝创造的可怕所在"（孟德斯鸠）。对山岳的景仰是基督新教的发明。那些没有艺术能力的大脑诡异地混淆了高傲与美丽。

针叶树的美学与道德。

冷杉和棕榈：两个极端。

一月二十九日

我在薄雾和冰雪中度过了两天，这种天气倒比蓝天更适合那个地区，尽管经历了好几星期的雨，我们还是希望能在那里碰上蓝天。奇怪的是，过了奥尔滕以后，天空变得万里无云。我写这段的时候在火车上，正在返回巴黎，回到玛身边——我知道她身体不舒服，急着想再看到她。今早从安德马特到格申恩的下坡路段令人惊叹；我仿佛向着但丁描绘的地狱深渊俯冲。雾气被寒风冰冻，笼罩着我的大衣、手套、马车夫的金色睫毛，以及宛如巨大的鸵鸟毛般的马尾巴——就像戈雅某幅《箴言》中的情景。隐约可见的高山令人望而生畏，却也不失几分浪漫和狰狞，它在迷茫的天色中逐渐隐遁，很快就消融在一片奇幻的不真实中。

今早的空气比较清透，可以看到远方那些矗立在富尔卡山口一侧的山峰，它们呈粉红和浅紫，不再有一丝丑陋或残害视觉的元素。

星期二

今晚，我重读了陀思妥耶夫斯基的《群魔》。佩服得五体投地。这一次，我更加深入地探究了这部作品的隐秘缘起，在对其他作品记忆的反衬下，有了更透彻的理解。我捕捉到了细节和丛生的枝节，不过依然无法厘清的是，书中的对话及叙事是通过什么方式那么稳当地跟创作概念相互激荡的，尽管就表面而言，那是种非常经验论的方式。

我整天都写不出东西，因为我没有写作的欲望。

那个年纪的我（十二三岁）特别爱拆卸钟表，每次到于泽斯的祖母家，总是不停地把房子里所有时钟的部件拆下来清洁，然后重新让它们摆动起来。

星期三

为了能更好地节约时间，我要巨细靡遗地把一整天的时间安排记录下来。

七点半：沐浴，阅读苏代评论苏亚雷斯的文章。

八点半到九点：早餐。

九点：钢琴（巴赫和李斯特的第一首管风琴前奏曲）。迪桑赛医师来帮玛包扎手臂，练琴被打断。

十点到十一点：写信给里尔克和欧仁·鲁阿尔。

十一点到十二点：散步，然后整理我对《群魔》所做的笔记。

午餐。

一点到两点：练琴。

两点到三点：读《克莱汉格一家》系列小说第一部。然后是强烈的倦意和极度的懈怠。我打算三点到四点睡个觉。

由于我渴望也需要攀住某个扎实的东西，我开始翻译黑贝尔[1]的书信（从法国寄出的）。这是一项既费力又费心的工作，我一直做到晚餐时分才停下来。

我全心全意地聆听着这份对美德的渴求。

星期日

依然什么都没有。我活在对自己的等待中。

---

[1] 弗里德里希·黑贝尔（Friedrich Hebbel），德国剧作家、诗人。

星期一

从我到我，这是多么遥远的距离！这就是为什么我不敢计划或许诺任何事情，而且什么都做不成，只能靠些迂回的办法，或者跟自己耍点诡计，拖拖拉拉地勉强为之……

二月七日，星期三

如果我现在消失，别人根据我目前已经写成的作品绝不可能料想到我还有更好的东西要说。我是多么武断，以为自己会多长寿，竟然一直把最重要的东西留到最后？或者说，相反，我是多么胆怯，多么尊重我的题材，多么害怕自己还没有资格写它！……就这样，我一年又一年地推迟了《窄门》的创作。现在我要如何说服别人，让他们知道这本书其实是《背德者》的孪生兄弟？这两个主题在我心中同时成长，它们都透过对方的过度与极端，找到了隐秘的认可与默契，共同保持着平衡。

星期六，午夜

我开始得太晚了，早就该写些别的东西，而不只是写些自怨自艾的东西。

天主教令人无法接受。基督新教令人无法恋受。我却深深地信仰基督。

二月十七日，星期六

我只能匆匆记下过去几天龙卷风般的生活。我是坐在森林中的一张长椅上写的；今天早上阳光灿烂，这便是我快乐的秘诀。可天空已经阴云密布；我需要阿波罗，我得走了。

屈韦维尔，星期三

终于迎来了阳光明媚的天气。美丽的光线宁静祥和，我任凭它征服我，内心笃定自己即将再度出发。

哥白尼：基督教令人钦佩的革命行动就是在告诉我们，上帝的国度就在你心中。快乐的异教认为没有任何敌人不是外在于人的。

奥吉亚斯的牛棚 [1]，九头蛇 [2]，待清洗的沼地，这些都存在于我们的内心。赫拉克勒斯必须清理的是我们的内心。基督教等于内在行动。

世界的早晨光芒四射；人类的力量尚未受分化。

突然间，埃阿斯反戈一击，他的心中再也找不到防卫的力量 [3]。

以身犯险的忒修斯闯入错综复杂的迷宫，唯一能平安脱身的保证是那条由内在的忠贞所构筑的秘密纱线……诸如此类。

---

[1] 奥吉亚斯是太阳神赫利俄斯（一说为海神波塞冬）之子、埃利斯国王。他的牛棚内养有三千头牛，三十年不曾打扫，秽物堆积如山。天神宙斯之子赫拉克勒斯使河流改道，一天内即洗净牛棚。

[2] 在古希腊神话中，勒拿九头蛇生活在希腊伯罗奔尼撒半岛南部的勒拿湖，生有许多个头，斩断后会重新长出，后为赫拉克勒斯所杀。

[3] 埃阿斯是特洛伊战争中希腊军英雄之一。希腊军第一勇士阿喀琉斯遇难后，他成为希腊军中最强的英雄。可有勇无谋的他后来在争夺阿喀琉斯盔甲的继承权中败给奥德修斯，愤而拔剑自刎。

五月七日

一切转化为（甚至只是有可能转化为）流程的东西在我眼中都显得丑恶。一旦情感减弱，笔就该停下来，如果还不顾一切继续奔跑（而且这时它跑得可快呢），写出来的文字就会变得可憎。在贝矶[1]最近的这部作品中，整篇内容不堪入目，还不如请秘书代笔；他这些东西不再带有真正的悸动，只是在勉强模仿好的文字，也就是情感要求思想吞吞吐吐地说话时所化成的字句。

在写作技巧的掌握上，我要求达到一种无比低调、神秘、幽微的独创性，一种扑朔迷离、无法捉摸的境界。我希望别人只能透过我完美的文字窥见我，而且正因为这样，才会有人模仿它。

我的自我期许是防止任何人说他在模仿我，或他的文笔像我（除非是基于某种极其深刻的

---

[1] 夏尔·贝矶（Charles Péguy），法国作家、诗人、编辑，作品带有浓厚的爱国思想，1914 年于第一次世界大战战场阵亡。

原因），如同目前我们经常听到的：某某人的东西很像弗朗西斯·雅姆，或很像亨利·德·雷尼耶。或者明天会听到：某某人的东西很像贝矾。我希望不要有造作的文风——除了我的题材所要求的造作以外。（假如用英文写这个句子，这里应该会用上 "but" 这个词。）阿门。

六月三十日

贝多芬的恢宏乐句。我养成一种荒唐的习惯，老是在中间让气势掉下来。必须让乐句从头到尾充盈同样的才情。

十二月十九日

昨天到保罗·克洛岱尔的姐姐[1]家跟他见面。他非常热情地接待了我。我立即走进了他居住的小房间，那里有个壁龛，里面的耶稣受难像

---

[1]　指卡米耶·克洛岱尔（Camille Claudel），法国雕塑家，曾与雕塑大师罗丹有过一段恋情。

主宰了整个空间。

克洛岱尔变得更魁梧了，身形比过去宽大了不少，仿佛被哈哈镜扭曲了：脖子没了，额头没了，看起来就像一把大锤。

他谈到绘画时言论夸张、满口蠢话。他的话语源源不断地奔涌，没有任何反对意见能使它们中断，甚至连个问题都插不进去。除了他的见解之外，其他意见在他眼中都没有存在的理由，甚至不容原谅。

我急于继续写我的书，因此没法在此记下我们谈话中的所有转折。

一九一三年

三月

昨晚重读了五十页《窄门》；每次重新拿起这本书，我都会有难以言表的感慨。尽管对话、书信和阿莉莎的日记都让我觉得很棒——不可能写得更成功——那些连接性的段落还是不乏卖弄风雅之嫌。也许是题材需要吧——那么就该换个题材。如果一个题材无法带来最坦率、最自在、最优美的语言，无法要求我达到这点，那么干脆就别处理它了。

五月二十一日

第一要务是完成我的书。推掉一切会让我分心的事。

六月二十九日

当然，在我那本关于王尔德的小书里，我对他的作品不太公道，有点太轻易地藐视他写的东西（我的意思是说，还不够熟悉他的作品，就先弃之如敝屣）。现在回想起来，我其实很钦佩王尔德在阿尔及尔聆听我批评他的剧本时展现出的那种泰然自若（现在想起来，当时我真的很无礼）。他回答我时，声调中不带任何不耐烦，甚至连抗议的语气都没有；当时，他几乎是以道歉的口吻跟我说了一句不可思议的话。我曾经引述过这句话，后来大家都在引用它："我把自己所有的天赋都投入生活中了；我在作品中投入的只有才华。"我很想知道，除了我以外，他是否对其他人说过这句话。

九月四日

只有无法用语言描述时，他才会享有那些最不可思议的幻象……

弥尔顿的失明当然可怕，可波德莱尔的失语症岂不比这个要恐怖得多！

九月二十五日

保罗·阿尔贝·洛朗斯和他的夫人来访，非常愉快（他们在我家住了四天）；我像往常那样跟他聊天。我把《地窖》念给他听。他记得我在比斯克拉时就已经跟他说过这本书；我是后来才回想起这件事的。

我有一种感觉，我至今写过的所有作品，不过是在真正的大戏开演之前，先在剧院门口玩杂耍吸引客人；现在，正式进场的时刻终于到了。

拾遗

我想说的是规则。

若天才真能逃脱规则的束缚，我就放心了。

我太常看到这份天才急于把原本最不屈从的冲动束缚在最严格的形式之下，我一直在思考，它到底该用什么方式挣脱。接下来我还要思考为什么应该挣脱。

艺术距离纷乱和麻木同样遥远。

八月十五日

（要在《回忆录》里写完阿尔及尔之夜后提起这件事。）

有多少次，正是最迷人的情爱之乐，让我

的所有感官都处于谵妄之中！如此激动、如此凶暴，以至于我许久之后还完全不愿松手，仍放纵地挥洒那份狂热，绝不同意罢休，绝不向当下告别，贪得无厌，仿佛要通过快感去追寻某种超越快感的东西。

一九一四年

"带我返航，回到属于希腊的荣华。"在前往比雷埃夫斯的船上，我一直在默念爱伦·坡《致海伦》中的这一句。我的内心充满平和、宁静，荡漾着笑意。由于害怕旅伴那吵闹的赞叹声，我从行李箱里取出一本小小的英文书，以漫不经心的阅读遮掩我的情绪。何必大肆声张？我的喜悦温润圆满，毫无激烈之处。来到这里，我并没有感到太多惊讶，一切都显得如此熟悉，置身其中的我也显得如此自然。我如痴如狂地栖身于这片丝毫不令我感到陌生的风景中。我认得其中的一切。我"返航"了：这里是希腊。

亚得里亚海，五月二十九日

全身细胞徜徉在安详闲逸的感官欢愉之中，一如这片平静无波的大海般怡然自得。精神处于完美的平衡状态。柔软、平稳、豪放、欢愉，我的思绪自由驰骋，仿佛海鸥在蔚蓝的天空中翱翔。

六月十一日

每天早上都要告诉自己，最重要的东西还在等着我说——现在是时候了。

六月十九日

昨天，屈韦维尔在云雾中沉睡，一直到今天早上，那片云雾仍然笼罩着这里的天空。也许这种令人麻木的气候是导致我几乎所有作品都变得紧张和压抑的原因——昨天晚上我才跟科波一起聊过这件事。我不得不在屈韦维尔完成几乎所有的作品，在这里时，我整个人仿佛在收缩，必须奋力找回或维持一种创作的狂热，那是我在干燥的气候环境（例如佛罗伦萨）中很容易、很自然就能拥有的。我愿意相信，假如有更好的气候加持，我的创作想必会更加轻松，因而也会更加丰富。

更不用说生理上的平衡，那是我在这里难以找到，更难以维持的。

六月二十一日

创作喜剧的欲望每天甚至每时每刻都在折磨着我。我希望科波能像普希金送给果戈理《钦差大臣》的创作题材那样，也给我一个题材。我相信好的题材会在我脑海里茁壮成长，不过我无法像写其他作品那样，在自己内心找到恰当的题材。戏剧的题材即使不是别人给的，至少也应该是由外在因素激发的。

跟绘画的道理类似，戏剧艺术也不该只试图为现实制造假象；它必须使用自己的特殊手段设法创造一些非它莫属的效果。

正如一幅画作是一个营造感动的空间，一

出戏剧是一段等着被赋予生机的时间。

六月二十九日

今天下午，科波请我协助他进行惠特曼作品的翻译工作，换句话说，就是要我充当他的秘书。

我们坐在房子后方一棵杉树树荫底下的长椅上；过了不久，我们都从长椅上起身，在步道旁的草坪上躺了下来。我们正打算结束工作，进屋吃点心去，这时我的小椋鸟匆忙跳过草地，来到我们面前。它径直跑到我的手边，我作势要抓它时，它一点也没做出要逃走的动作。它在我手里完全没有挣扎，似乎很快乐。我跑进厨房，请人帮我准备牛奶和浸湿的面包，而由于担心猫咪会伤害它，我把它放进大鸟笼。它很开心地吃东西，不过并不是贪婪地冲向食物，仿佛饥饿是它回来的唯一动机。要是我的话，一定会高兴得叫起来。我用水煮蛋帮它做了一份鸟食，帮它换小浴池的水，然后在它身边待了许久。明天就得离开了，我很难过。等我从巴黎一回来，就会还给它自由。

七月六日

迄今为止，我的所有作品都是负面的；我只展示了心灵和思想的另一面。

七月十四日

我所有弱点的背后几乎都有一个秘密，那就是这种可怕的谦虚病，而且我一直无法治好它。

我无法说服自己，我无权享有任何东西。

他们（克洛岱尔和雅姆）以为我是在造反，因为我没法让自己——或说不想要求自己——懦弱地屈服于可以确保为我带来舒适的事物。这或许是我身上最具新教徒色彩的部分：厌恶安逸。

七月十八日

我让我的鸟儿几乎一整天都留在外头。我叫它的时候它会过来，它会从某个树丛里冒出来，先在我周围飞一圈，然后飞到远处，最后又回来停在我的肩膀或手臂上；我走路的时候它不会飞走，我就这样跟它一起在园子里散步。下午茶时间快到的时候，猫咪们瞧见它在草坪上，要不是我赶紧跑了过去，它就完蛋了。它又飞到我的肩上，乖乖地停在那里，让我把它带回来放进笼子里。

七月十九日

今天早上我可怜的小椋鸟被猫咪扯坏了。猫咪们扑到这个不懂得害怕也没有防卫心的小东西身上，我正在弹钢琴，忽然间听到它的呼叫声。同一时刻，门廊上的玛也看到了这一幕，她抓了些鱼在手上冲了过去，希望借此让猫咪松手。鸟儿最后是挣脱了，但在不远处又掉落在地面，没了力气。它还会动；我把它抓在手

里，起初没放弃让它恢复生机的希望，因为我
只在它身上看到一个很小的伤口。至少乍看之
下，我觉得那应该不会有大碍。我想让它喝点水，
可它咽不下去，不久后它就慢慢任凭自己陷入
死亡了。

七月二十日

我从没想过人会这么怀念一只小鸟。每次
出门的时候，我都会四处张望，就算没有找到它，
也可以感觉得到它在枝叶间活着。我喜欢那个
长了翅膀的小生命停在我肩膀上的感觉，喜欢
看它绕着我飞来飞去，然后忽然间飞上某根很
高的枝头，接着又飞回来。

它肯定认得我，因为它没有对其他人表现
出那么多信任。恰恰就是因为这个原因，最后
那天早上，我一直没法说服它好好停在玛的手
臂上；虽然它愿意让她靠近，最后一刻却还是
因为害怕而逃走了。

七月二十一日

我一直知道自己有个怪癖，那就是比较喜欢先让自己最懒散的部分开始工作。

七月二十九日

昨天 [1]，从早上起床到晚上睡觉，我们开口闭口只有那件事。我们无法把心思转移到别的地方。除了报纸以外，米尔费尔德夫人 [2] 也会在上午和晚上打电话来通报消息。早上八点时她说："情况严重极了。"（电信局的人对布朗什他们很好，一直保持电话畅通。）虽然米尔费尔德夫人不想把名字说出来，不过看样子她的直接情报来源应该是外交官菲利普·贝特洛，这人在内阁首长缺席时，在外交部扮演着极为重要

---

[1] 1914 年 7 月 28 日，即萨拉热窝事件发生后一个月，奥匈帝国向塞尔维亚宣战，第一次世界大战开始了。

[2] 小说家吕西安·米尔费尔德（Lucien Mühlfeld）的妻子，马拉美为他们证婚；米尔费尔德夫人后来改嫁他人。她于 20 世纪初经营巴黎最有人气的文学沙龙之一，纪德通过诺瓦耶伯爵夫人结识了她。

的角色。另外，雷蒙·普安卡雷和勒内·维维亚尼今天回国了。我读了巴雷斯呼吁民众团结的信，感到非常满意。在可怕的威胁逼近之际，能看到社会上的个人利益及各种纷争逐渐消弭，还是令人感到相当欣慰。在法国，一种效仿精神很快就如火如荼地蔓延开来，促使所有国民采取舍己救国的态度。

附带一提，任何悲剧事件的逼近都令我全身激荡。

七月三十日

我这几天做的笔记有何价值？我不知道。如果我重新读自己写的东西，就会迷失方向。我会想要修改，但要是看到有太多东西得改，我就不想写了。姑且这么继续下去吧。

七月三十一日

我们准备进入一条很长的隧道，里面会充

满鲜血和阴影……

天色阴霾，天空和大地间仿佛飘荡着一层灰色纱幕。前天的天气美得像在伊甸园，在那样的天空下，幸福是人能想象到的唯一事物。

几天以来一直觉得心很累，今晚情况特别严重。

八月一日

充满焦虑等待的一天。为什么他们不动员？我们这边多拖延一分钟，德国就多赢得一分钟。想必是社会党方面基于某种考虑，不惜任凭敌方攻击。今天早上的报纸刊出了饶勒斯遇刺的荒谬消息[1]。

三点钟左右，警报声开始响起。起初，让

---

[1] 让·饶勒斯（Jean Jaurès），法国社会党领袖，1914 年 7 月 31 日因提倡和平主义而遭极端民族主义分子枪杀。

娜为了不错过任何唱反调的机会，坚称那是敲了一整个早上的丧钟。我跑到庭园里找米乌斯，提醒他留意状况。我只碰到埃德蒙，返回屋子时在花卉小道上看到玛。她面容扭曲，用忍着哽咽的声音告诉我们："没错，那的确是警报声，埃鲁阿尔从克里克托回来了，说动员令已经下达了。"

小朋友们骑脚踏车到埃特塔玩去了。为了找点事让自己忙，我决定去克里克托寄两封信，顺便领一封我知道已经到达的挂号信。警报声已经停了；巨大的警示性声响传遍整个地区后，这时只剩下一片充满压迫感的寂静。天空中飘起蒙蒙细雨。

田地里，几个已经准备离开的小伙子还在犁地。我在路上碰到我们请的农工路易·弗雷热和他的母亲。路易是第三天被征召的，他的母亲只能无可奈何地把两个儿子送走。我跟他们握手致意，也不知该说什么。

回来的路上我没碰到任何人。年轻的面包师傅、鞋匠、马具工匠等等还没正式接到动员令，今天下午五点钟就已经被送出去了。我感觉胸腔里不再有心脏跳动，只剩下一团湿抹布，战争的想法像一根可怕的棍棒般立在我的双眼间，我的所有思绪都朝那儿撞上去。

八月二日

我跑到《新法兰西评论》的办公室，幸好我在那里还碰上了特龙什[1]，他明天才被动员。跟他在一块儿的有苏亚雷斯夫人和另一个我不知在哪儿见过的年轻人。所有人不是已经走了，就是准备要走……空气中弥漫着可憎的焦虑气息。巴黎的景象非常奇异，街上没有车子，到处是极度紧张而又静默无言的人们；有人提着行李箱在人行道上等候；几个吵闹的人在歌舞

---

[1] 让－古斯塔夫·特龙什（Jean-Gustave Tronche），1912 年至 1922 年担任《新法兰西评论》行政主管，后成为独立出版商。

厅门口高唱《马赛曲》。偶尔会看到一辆载满包裹的汽车飞驰而过。

八月三日

昨晚我被迫走路回德康街，路过阿蒂尔·方丹家，不过他不在。地铁还在运行，不过会提醒旅客可能来不及换乘；于是我在蒙帕尔纳斯就下车了。巴黎的景象变得太诡异，让我觉得非常陌生；我茫茫然走在军事学院后方的街头。回到住处时，我精疲力竭。一整夜无法阖眼；我感觉所有人都是清醒的，每隔十分钟就会有一辆汽车高速驶过德康街，并在转角处发出轰鸣声。

科波和我一同前往《评论》的办公室。我们在路上碰到茹韦[1]，便把他也一起带了过去。

---

[1] 路易·茹韦（Louis Jouvet），法国演员、导演及剧场主任。1922 年出演纪德的剧作《萨乌尔》，由科波担任导演。

跟特龙什聊了一会儿，五点钟我们还会一起在女士街碰面，并根据个人需要把保险柜里剩下的东西分掉。

假如我没法从阿蒂尔·方丹那边找到参与后勤工作的机会，我打算加入红十字会，格翁已经报名当他们的医生了。

返回德拉贡街时，我目睹了一家美极[1]乳制品店被洗劫一空。我到得有点晚，商店内部已经被搬空了；两名壮汉在警方人员的默许下用一种木耙子把门面的玻璃砸碎了。其中一个爬到二楼屋檐边，用手举起一个大型的褐色陶制咖啡壶向围观群众展示，然后将它摔向地面，咖啡壶应声破碎。民众热烈鼓掌。

今天早上，几个歹徒趁警方无暇监督时拆毁了一台小型自动称重器，抢走了里面的大把钞票。

---

[1] 美极（Maggi）公司于 19 世纪末创立于瑞士，1947 年被雀巢集团收购。

几乎没有任何新闻。不过有件事非常可怕，令人惊愕不已，难以置信：舍恩先生[1]居然还在巴黎！

八月四日

贝矶对保罗·洛朗斯说："有些人非常不可思议。他们看到先前的人与事物不在原来的地方了，会觉得很惊讶。他们以为自己能够简简单单地把战争状态叠加到和平状态上；然后他们又会惊讶地发现，两者并不吻合，没法把原来的事物顺利放进那些小坑里。"

民众表现得热忱、平静而果决，令人钦佩。如果英国加入我们，机运必然会在我们这边，可英国愿意跟我们并肩抗敌吗？国会提案投票决定支出超过十亿的军事补助金。

---

[1] 威廉·冯·舍恩（Wilhelm von Schoen），"一战"宣战前夕德意志帝国驻巴黎大使。

八月五日

所有人表现出来的和睦、秩序、冷静和决心都令人钦佩。

度过了那么多充满激情、生机洋溢的时刻，我却只能做些干巴巴的笔记，这令我感到羞愧，不过夜里没睡好确实使我的心绪变得沉重。以后我才会觉得这些笔记有意思，足以成为我的参考坐标。

八月五日

德国向比利时宣战。英国向德国宣战。[1]

八月六日

德国越来越有可能全面击垮我们。我们抗拒这个想法；同时我们也不认为这样的发展绝无可能。法国政府、全体法国人民以及所有邻

---

[1] 德军于 1914 年 8 月 4 日入侵比利时。英国要求德国撤兵，德国未予响应，英国遂于当天向德国宣战。

国人民的表现都令人满怀希望。

我们隐约窥见一个新时代的开始：欧洲各国受到限制军备条约的约束；德国缩小或解体；的里雅斯特归还意大利，石勒苏益格归还丹麦；特别是阿尔萨斯归还法国。所有人都在谈论地图重新划分的问题，就像讨论肥皂剧的下一集。

八月十二、十三、十四日

什么也没看到，什么也没做，什么也没听说。我们每天买八份报纸。首先是《晨报》和《回声报》，然后是帮格翁买的《费加罗报》（他拍电报请我们把报纸寄到努维永）；还有英国的《每日邮报》，以及《巴黎午报》《信息报》《自由报》《时报》[1] 和《晨报》晚间版。尽管每份报纸都在用类似笔调说同样的事，我们还是坚信再小的消息也不能漏看，不断希望能对情势知道得稍微再多些。

---

[1]　《时报》为现今法国重要报纸《世界报》前身。

八月十四日

动员展开后第十二天。

预告中的战役，等待了八天的那场艰苦卓绝的战斗还没有打响。

玛写信来说："我想我的心不会有足够的力量去承受大喜或大悲。"

我的任何想法如果不与这种焦虑的等待有关，都会令我感到自责。但对我而言，一切会扰乱内心平衡的元素都再自然不过。若不是因为舆论的关系，我甚至觉得自己在敌人的炮火之下都能继续欣赏贺拉斯[1]的颂诗。勒伊特斯无法明白这点，所以开战后我们第一次见面时，由于我居然还在谈论其他事，而且离开时竟把我在桌上瞧见的一包剪报拿走，他大发雷霆。其实因为我拿那包东西时太过心不在焉，以至于把一捆寄给他的信也带走了，这件事不是要

---

[1] 贺拉斯（Horace），古罗马"黄金时代"的代表人物之一，与维吉尔、奥维德并称为三大诗人。

紧得多吗？说起来先前我跟格翁在希腊搭的船
快抵达比雷埃夫斯时，我也是因为在读《呼啸
山庄》而惹得他不高兴。

跟昨天下午一样，今天下午我也没到红十
字会去；我在那里其实也发挥不了真正的作用，
只是在假装自己有用处。没有其他情况会使特
权的滋味令人感觉如此可憎。不过伪善更是可
憎，因为害怕自己落后于别人而企图愚弄自己，
这种闹剧荒谬至极。

天气好得不像话；天空中充斥着过量的温
热和美感。夜晚宁静安详，我多么盼望能用"和
平"描述它。我不禁想到野战营地中那些风餐
露宿的军人，所有那些过了今夜即将化为永恒
的人。

八月十五日

一套新的舆论范式就此树立，那是一种爱
国者的传统心理；一个人如果不坚持这样的立
场，就不可能再是个"好人"。媒体记者谈论

德国的语气令人心惊肉跳。所有人都紧随其后，全力以赴。每个人都害怕自己落后于别人，显得不够有资格当个"好法国人"。

昨天，我在蒙索公园附近看到了两个小男孩，年纪分别在六岁和十一岁左右。他们俩都衣衫褴褛，没穿贴身衣物，没穿袜子，面容脏污憔悴，不过脸上都挂着微笑。年纪比较大的那个男孩手臂上挎着个大方篮，里头铺了松树枝，上面摆了几朵枯萎的花。他手上拿着一个类似花束的东西（其实还更像一根笤帚），用嘴巴咬食，然后吐出花瓣；那些花朵又脏又皱，我认不出那是什么花。

"小朋友，你那束花不太漂亮呢，"我对他说，"谁会跟你买这种东西？"

他马上伸手从篮子里挑出一把枯萎得不算严重的康乃馨。

"买这个吧，先生，这是新鲜的。算五十生丁就好。"

他并不是想让我同情他，而是在逗我开心；他自己也是一副想要笑闹的模样。他跟弟弟走远时，我看到他们各自点起一支烟。

夜里，天空变得阴沉沉的；黎明时分，巴黎东部下起了暴雨。

清晨四点，雷声开始轰隆隆地响起，听起来仿佛炸弹爆炸，让人以为是一群齐柏林飞艇冲进了巴黎。在半梦半醒中，我想象着巴黎遭到轰炸，甚至世界末日已经到来。看到自己并没有什么特别的情绪，我明白自己对一切泰然处之，不过那是在梦中。面对真正的危险时，我会有何反应？那种无论白天黑夜，任何时刻都能确定自己会做出什么反应的人，他们是用什么简单的材质打造出来的？有多少士兵正在焦急地等待大战爆发，让他们有机会知道自己是否真的勇敢？至于那种临场反应与自己设想不一致的人，只有他的意志才是勇敢的！

这是何等的绝望，一个人臣服于自己暂时

的软弱，因而认为自己懦弱——而他原本希望自己是个骁勇英豪。(《吉姆爷》[1])

八月十七日

日本对德国宣战。

八月二十日

然而，我们应该设法让自己相信并承认，一个人的用处不见得必须发挥在火线上；重要的是，人人都要坚守岗位。

每天晚上，在泰奥家小餐厅的煤气灯下，泰奥夫妇、让·施伦贝格尔和我都会围坐在橡木餐桌旁，仔细阅读各家晚报。我们已经是第四次或第五次像这样炒冷饭，看些同样的报道，都是前一天就已经在《晨报》《信息报》《费加罗报》《回声报》《每日邮报》以及《晨报》晚间版上刊登过的消息，只是重新印出来以后，

---

[1] 英国小说家约瑟夫·康拉德（Joseph Conrad）的代表作之一。——编者注

这些东西似乎又焕发了新的生气。如果宵禁还没开始就已经把报纸看完了，我还有许凯[1] 所写的关于一八七〇年战争的作品、马格里特兄弟的《灾难》和左拉的《崩溃》。昨天晚上，我被这种心灵的军事化搞得恼火不已，于是我从伊丽莎白的书橱中取出《芝麻与百合》[2]，几乎把整个序言都看完了（我看的是新版）。经过漫长的荒漠旅途后，纵身跃入一池清泉，洗净一身尘污。

对那些被动员的人而言，想必穿上军装代表着被允许拥有更大的思想自由。对我们这些没机会穿军装的人而言，只好调动自己的精神力量。

让·科克托[3] 约我喝"英式下午茶"，地点

---

[1] 阿蒂尔·许凯（Arthur Chuquet），法国历史学家，专攻德国及拿破仑时代历史。下文提到的两部作品也是以1870年普法战争为背景创作的。

[2] 英国维多利亚时代重要艺术评论家约翰·罗斯金（John Ruskin）的著作，内容围绕艺术、生活等方面的哲学思辨展开。

[3] 让·科克托（Jean Cocteau），法国诗人、小说家、剧作家。青年时期与纪德相识，1955年当选为法兰西学术院院士。

在蓬蒂厄街和安坦大道交会处。虽然他极为和蔼可亲，可我并不盼望再次见到他。他就是没办法表现出严肃的样子，他的所有想法、诙谐的话语、敏锐的感受、非同寻常的谈吐方式，无不令我感到不快，就像在充满饥荒和哀悼的苦难时代中炫耀奢侈品一样。他穿得几乎像个军人，时局的沉重打击竟然使他容光焕发；他什么都没割舍，只不过为原本的活泼染上几抹军事色彩。谈到米卢斯的血腥杀戮时 [1]，他不断搬弄搞笑的形容词和滑稽的模仿效果，模拟号角的声音、榴霰弹的呼啸。他见搞笑不成，只好转移话题，说他很伤心；他想要用跟别人一样的方式悲伤，于是忽然间就贴合你的想法，不断向你解释。然后，他谈到了布朗什，又模仿了米尔费尔德夫人，接着提到某位女士在红十字会的楼梯间叫嚷："他们答应今天早上要分

---

[1] 指米卢斯战役。其始于 1914 年 8 月 7 日法国军队对德国的开战，8 月 8 日法军占领了米卢斯，随后在 8 月 10 日就被反击的德军赶出了米卢斯。

给我五十个伤员；我现在就要我的五十个伤员！"
说着说着，他把盘子里的一块蛋糕切成碎块，
一小口一小口地品尝；他的声调充满怪异的起
伏和转折，他会笑，会弯腰，会倾身朝你而来，
还会伸手摸你。诡异的是，我相信他会是个好
士兵。他自己也这么表示，而且说他会很勇猛。
他身上有种巴黎街头顽童的无忧无虑；在他身
边，我觉得自己极为忸怩、沉重、阴郁。

八月二十五日

昨天夜里我对自己打算写的军事故事做了
很多思考，它在我的小说里应该会占有一席之
地，或许可以用来为小说收尾。我得把它记下
来才行。我一直很后悔自己不懂得趁每个创作
计划在我心中成形、绽放的当下，及时为它留
下见证。

八月二十八日

可能碍事的狗：

被射中的目标。不知该往哪藏。丢进粪坑里淹死。

人物：

用好话欺骗自己的人，他觉得自己不受人信任，为此而心烦，但慢慢意识到别人不信任他是有道理的。

发生危险时，他不在场；准确地说，他并非不想在场，只是无意识地让自己趋近那些可能让他脱身的情况。他没有坚持自己的立场。

另一方面，那些我们没放在眼里的人却以令人敬佩的方式履行着自己的职责。我们因为曾在他们背后说三道四，或是对他们有过不好的想法而感到痛心。

黑压压的大军狂暴无情，所有的军官都被拖向死亡，因为他们已经完全失控，无法重整旗鼓。

九月二日

晚上听到奇怪的声响。夜晚静谧得不可思议。隐约听到枝丫婆娑的声音。他们走到庭园的围墙边，在那里停了很久，美丽的月光把他们压得头脑一片空白。离他们不远处的草地上有一群小母牛，它们都在睡觉，只有一只似乎在为牛群警戒。我们听得到它们反刍的声音。然而，透过这些巨大而祥和的声响，它们的耳朵却在不由自主地侦测别的什么声音。

主动的勇气和被动的勇气。这两者间的差距大到足以互相对立。

九月三日

那天，鸽式战机向巴黎投掷的炸弹没有造成任何伤害；不过，从地面向那些德军战机发射的炮弹却在落回地面时造成数人伤亡。

九月七日

我不记得曾在法国见到过连续这么多天好得不像话的天气。天空清澈得让人心旷神怡。

九月十二日

天空再怎么明灿亮丽，它的美好均衡都可能在云朵的威迫下瓦解。十二号到十三号的夜晚充斥着暴风雨骇人的声响。X 焦虑地自问，风暴究竟为谁而来。

九月十六日

一旦周遭环境中不再有任何事物能带来推动力，就完全无法将内心维持在具有张力的状态下（基本上，那是一种人为状态）。X 重新开始阅读、弹奏巴赫，他甚至特别喜欢弹《平均律键盘曲集》中的赋格，那节奏令人心情畅快；一直不弹这种曲子其实是在违背自己的心愿。

被迫重新参与家族的宗教活动，感到不自

在。对可能超乎他情感范围的姿态觉得反感。

人生多么容易就能重新建构、重新闭合。伤口愈合得太容易。不能再任凭自己沉溺在平庸的幸福中，那其实是真正幸福最大的敌人。

九月十八日

今天早上八点不到，邮局局长的侄孙就捎来电报：夏尔·贝矶在阿戈讷的战火中身亡。是泰奥发给我的。

九月二十三日

从八月二十六日起，我停止写日记。那本日记是我在……日[1]重新开始写的，而且一直写得很勤快。国难当前，我忽然觉得继续任由我的笔记展现主观姿态是不妥当的事；我启用了一个新的笔记本（比较大，是黄色的本子，背

---

[1] 纪德在此处留白，可能是后来忘记补入确切日期。

面是红色），在里头记下了一些与我个人生活无关，而且我认为可能会为我的小说提供素材的东西[1]。这样做起初对我很有用，因为我写下了一些无法以日记形式记录的东西。然而，一旦外部事件无法再凌驾于私人生活之上，这个新方法就毫无价值了。八天或十天前，我就停止写作了，这份沉寂对应着的是又一次的意志力衰减，我得让这本新日记再度帮助我战胜这种情况才行。

十月二日，星期五

动员展开至今已经六十天。

一天又一天，时间在单调的等待中流逝。有时，我真希望自己还在巴黎。可是在那边，我会不会后悔离开屈韦维尔呢？

星期三，整栋房子的人都出门散步，只剩我留在玛身边，我们一起坐在房子前面的长椅

---

[1]　指《伪币制造者》。

上剥豆子。天空格外晴朗。我们偶尔交谈几句，因为说来说去，话题都脱不出那件事。我们周遭、我们内心的这份肃静却让我们身心都不由自主地洋溢着幸福……

十月四日

仍然没有新的状况。残暴的战事持续进行。我们不断想着这件事，想以类似念力的方式促成我方的胜利。

读完了托马斯·哈代的《德伯家的苔丝》；我是在巴黎开始读的，所以前后一共花了一个多月的时间。我非常钦佩这本书，却没有特别喜欢它，我不明白为什么有人喜欢它的程度会超过《无名的裘德》。

十月八日

昨天闹了一整天偏头痛，直到傍晚才缓解。不过还是看了几页勃朗宁的《波琳》和《皮帕走过了》，相比其他英国诗人，我对他的兴趣和从他作品中获得的快乐可谓独一无二。假如我早点喜欢上或开始钦佩勃朗宁的作品，想必他会在我的内心和思想中占据重要地位。

我在三楼的小房间里写下这段文字，我这次回来以后一直住在这里。埃鲁阿尔的大院子绿意盎然，充满令人喜悦的阳光。小朋友们拿长杆子打果树，我欢欣雀跃地听着果实如下雨般落在地面的声音，妇人们则忙着在低矮的草丛中捡拾苹果。

弗朗索瓦丝、妮科尔和雅克到车站去接科波一家，他们的火车三点会到。今天是我住在这里的倒数第二天，此时，法国正深陷于悲痛、毁灭、恐怖。今早乔治捎来一封爱德华的信，信中讲述了他的一段荒谬、悲哀、充满艰险的旅程，从蓬莱韦克到塔布，再到凡尔赛，然后又回到蓬莱韦克，沿途只见无尽的混乱和荒芜。

人类身上有一些可怕的缺点，过去的失

败没能矫正它们，未来的胜利也不可能改正它们；我们今天悼念的这些人却为此付出生命的代价。

十月十日

车站里有个被刁难的妇人说：

"我要告诉你，我已受够你们这场战争了！"

我写给玛的信几乎取代了这本日记。

几乎每天都彻夜失眠。

十月十六日

下决心不要悲伤。科波说："谁哭我就打过去。"可有些人愿意承担所有的悲伤：保罗·阿尔贝·洛朗斯整天将自己锁在画室里，一边凝视他弟弟帮贝矶画的肖像，一边担心这位音讯全无的弟弟。

十一月十日

在"法比之家[1]"没有片刻独处的机会，没办法放松身心，提振精神。我觉得自己被别人耗尽了。我从早到晚投身于这份照顾难民的工作，为他们提供吃住，给他们衣服穿，帮他们找工作。在午餐时间和晚间，我还得应付热情洋溢、欢乐无限的格翁，以及我那些活力四射的同伴和客人。

十一月十五日

泰奥夫人在地铁里遇到了一名年轻的英国军官。他就坐在她对面，而她是那么优雅迷人，艳光四射……一路上，双方并没有交谈，但就在她要下车时，军官忽然倾身向前，匆匆在她

---

[1] "一战"期间，纪德不计成本地为后来定名为"法比之家"的慈善协会投注金钱与心力，该机构旨在援助来自被侵略国家及地区（尤其是法国北部和比利时）的难民。1915年间，纪德以"法比之家日志"代替平常写的日记。在泰奥的妻子玛丽亚·范里塞尔贝格的要求下，这本日志一直没有出版。

耳边低语：

"我想尽快负伤，然后让您照顾。"

"哦，但愿你不会受伤！"泰奥夫人小鹿乱撞地用英文回道。

她内心的火焰还没将她的容颜彻底升华。

有种军人会把战友的遭遇说成是自己的——这种人什么事也没遇到过，可他说得比任何人都多。

参观卢浮宫——一片惨淡。

文明就此终结？

法比之家的义工工作。

正如他在为数不多的书信中所说的那样，他为其倾注了"全部的心力和时间"；这个简短的语句能让他名正言顺地减少通信。

这种起初纯属慈善的工作后来却慢慢成了行政工作，这到底是为什么？是怎么发生的？

一九一五年

在此强调，新的文明正在展开。昨日的文明过于仰赖拉丁文明，也就是说仰赖人类文化中最矫揉造作、虚荣浮华的一面。反观希腊文明，它是如此自然……不过我们必须承认，拉丁文明正是因为有了那些缺点，才最容易在我们身边落脚。

九月二十五日

高超的技巧向来只能产生平庸的事物。唯一有价值的技艺是由情感本身所创造的，并可由它根据需求重新创造[1]。我希望每次下笔都是出于迫切的愿望。

九月二十六日，星期日

每天勤快地记这本日记：良好的纪律总是

---

[1] 纪德是在看了保罗·洛朗斯作画后写下这个感想的。

使我受益良多。

九月二十七日

今早公报的内容令人窒息。他们终于要掀开盖子了吗？在我看来，第一口新鲜空气会使我窒息。我想回到玛身边。

昨晚收到科波寄来的卡片，内容令人有种时代错乱之感[1]。他提到佛罗伦萨、安杰利科……这一切都还存在吗？

九月二十八日

在法比之家的十一个月里，我让自己完全沉浸在工作中，发狂似的专注于它。现在，这台机器已经运转起来，我是否可以从中抽身，就像写完一本书那样？……

当然不行。在物质世界中，没有任何事物会终结。一切都会持续下去。一旦我们开始承担某事，它就需要我们不断付出。

---

[1] 原文为英语"out of time"。——编者注

十月十一日

可恨的麻木。我以一种近乎绝望的心情想着接下来在屈韦维尔的生活，我不知道该怎么从中脱逃，除非我做了断，摆脱那些最珍贵可敬的责任。我在寻找的并非自由，而是能在健全、良好的条件下工作，却一直无法实现。我经常觉得，假使创作条件能变得更好，我一定会写出更多东西；这个想法如懊悔的心情般折磨着我。

十月十二日

返回巴黎。

十月十六日

重新展开做慈善和混饭吃的生活，不再有时间写这本笔记。从早到晚都在法比之家；我对某些事件的兴趣，一种弥漫在此地的温情和迷惘交织的氛围，以及自我牺牲所带来的危险的陶醉感，都紧紧缠绕着我。玛星期一就要回来了。

十月二十二日

虽然有关当局会审查，但似乎每天都能在报上看到某些报道，令人怀疑我们是否真的有资格获胜。老实说，法德双方都没有资格击溃对方，可德国确实犯了一个可恶的大错，那就是迫使我们不得不对抗他们。

十月二十四日

一直以来，如果我能写出好东西，那都是一长串小小的努力累积起来的结果。没有人比我更多地思索过，或比我更能明白布封口中所谓"长久的耐心"[1]。我不只是把耐心带入创作，还把它带入优质创作之前的寂静等待。

话说回来，在等待的过程中，我开始怀疑自己是否发挥了全部能力。有时我不禁感觉，我迄今为止所创作的一切都只是在为未来的作品做准备，只是为了磨炼自己，而真正重要的

---

[1] 布封有一句名言为"天才不过是长久的耐心"。

那些都还没说出来。（其实先前我已经表达过这点了，可我觉得有必要在此重复一遍，因为我经常在心里这样告诉自己。）有时，我感到自己似乎拖得太久，许多还没写的书早就应该写出来了。

十一月七日，星期日

也许等泰奥夫人回来以后，我在法比之家当牛做马的工作会轻松一些。从今晚开始，她就要搬到我们家的别墅来住了，而明天她应该就会回到补助款柜台办公。

有许多事我都很想写进这个本子，我缺的是时间。有时候则是因为我已经先跟玛说过了，也就没有必要在这里叙述了。

人必然会习惯于不幸、麻痹，或者更好的说法是：习惯于退缩，一种明确的撤退能力，通过这种能力，尚未得到满足的本性几乎不再展露出任何敏感的表象，因此命运的打击不再容易伤害到它。

　　我想告诉所有曾经快乐的人："现在轮到你们了。"不过，不会有弥补，也不会有利益。那些曾经在自私的舒适圈中变得麻木的人，不会有能力在逆境中得到教益；至于其他人，我们又如何能责怪他们曾经屈服于幸福的邀约？

　　十一月十一日，星期四

　　大脑麻木僵硬，把我烦死了。有时，我似乎已经活完了，不过是在一种死后的余梦中躁动不安，而那只是一种既不重要也没有意义的人生附录。这样的麻木状态想必是在法比之家工作时过度伤感造成的自然后果。

　　泰奥夫人又到我们机构担任义工，于是我得以稍微偷个闲。不过我没有好好把握这个机会，既没有创作，也没有真的休息。

　　昨天我到战俘救济机构打听消息时，碰到一位科内利斯·德·维特先生，我想他应该是那里的负责人。他问我现在是不是又有余力从事我那些"文学消遣活动"了。

十一月十四日，星期日

这几天天色阴郁，狂风吹个不停。

一只麻雀在园子里飞来飞去，我去年就注意到它了。它两边的翅膀上都有四五根白色羽毛。

十一月十六日，星期二

那种无忧无虑、那种由愚蠢和自以为是构成的模糊信心（更不用说那种笃信天命的顽强信念）——连最可怕的事故也无法改变。人们会指责某个微小的事件，某个不恰当的决策……"灾祸源自更久以前"，唉！危险到来时，我们发现整栋房子从上到下都被蛀坏了，整个社会都……可那些人的眼睛到底长在哪里，为什么没有及早注意到危险？在社会的每一个阶层，我们都看到人们不再奉公守正。

耶尔，十一月二十六日

认识了保罗·布尔热。在他私有的科斯特贝尔庄园，他极为友好地接待了我，是沃顿夫人带我去的。布尔热知道我属于另一个世代、另一个阵营，怀着另一种主张；他似乎觉得有必要博得我的好感。

以他的年龄而言，保罗·布尔热还显得极为硬朗，整个人像是由栗木雕凿而成。他的每一句话都透着文学的气息，仿佛缀满碎宝石的长毛猎犬向你扑来。我们穿过花园准备进屋时，他对我说："欢迎来到……不是赫尔辛格。"在不到半小时的时间里，他谈到了马蒂兰·雷尼耶、莎士比亚、莫里哀、拉辛（他承认自己不太喜欢拉辛）、波德莱尔、尼古拉·布瓦洛、左拉、巴尔扎克、夏尔-路易·菲利普等人，却惊人地缺乏真正的文学品味。确切地说，他对诗歌、艺术、风格几乎毫无见地。这就不难理解为何他会欣赏一些非常糟糕的作品了，比方说埃内斯特·普西卡里的，他甚至刚帮这人的作品写了一篇序言。

十二月七日

一读完康拉德的《阿尔迈耶的愚蠢》，我立刻投入博罗的《圣经在西班牙》。每次拿到一部新的优秀英国作家的作品，我总是带着难以言喻的兴趣和好奇心，迫不及待地翻开来看；法国文学已经很久无法带给我这种乐趣了。严格来说，法国文学不再能给予我惊喜——比如我第一次读巴尔扎克作品时的那种感觉（当年看的是《欧也妮·葛朗台》）。

十二月八日

孩提时代第一次看到尤加利树开花时那种惊奇之感。

十二月十三日

我迫不及待地想把这本笔记写完。我在这

里面没写什么有价值的东西；可只有在完成它
以后，我才会把它丢下……

一九一六年

一月十六日

前天与科波的谈话让我受益匪浅。我在法
比之家的这段日子，目之所及尽是些尘世的废
墟，难以想象我们还能努力建造一些东西。我
逐渐明白，一年多以来，我一直生活在一种令
人再沮丧不过的氛围中。接连不断的苦难景象
一再撕裂我的心，身处其中，任何优越感都会
令我感到羞愧。我对自己重复孟德斯鸠笔下的
欧克拉底说过的一句话："若要让一个人凌驾于
人类之上，其他人必须付出的代价太高了。"

一月十七日

格翁来信说他"跨出那一步"了[1]。听起来就像一个学童到妓院初试云雨……但这里指的是圣餐桌。

我是不是该在这里记下去年冬天我做的一个怪梦？

格翁本来一直跟我一起寄宿在洛吉耶街的范里塞尔贝格家，后来他离开，到前线去了。于是我梦到这件事：我在某人身边走着，或者该说漂浮着，我很快就认出那同伴是格翁。两个人在陌生的场景中前进，一个长了许多树木的山谷；我们欣喜若狂地往前移动。山谷越来越狭窄，也越来越美，我的狂喜到达顶点，这时我的同伴忽然停下脚步，碰了碰我的前臂，然后叫道："不能再走了！从现在开始我们之间有这个。"他没指明是什么，不过我低下头，看

---

[1] 指格翁皈依天主教。格翁曾是纪德青春年代的欢乐搭档，尝遍人间浪荡果实，此时却成为忠诚的天主教徒。

到他手腕上挂了一串念珠，然后我在一阵无法忍受的焦虑中骤然惊醒。

一月十八日

我一边写信给格翁，一边重读了《约翰福音》第十五章的开头，其中这段话忽然给我带来了可怕的启示：

"人若不常在我里面，就像枝子丢在外面枯干，人拾起来扔在火里烧了。"

难道我不是已经被"扔在火里"，任凭那些可憎至极的欲望燃起的火焰吞噬？

一月十九日

我身上的一切都得重新审视，重新修正，重新教育。最令我难以对抗的部分是感官的好奇。对我而言，醉汉最钟爱的那杯苦艾酒远不及某些我偶然见到的面孔更具吸引力——我愿意抛下一切跟随他们而去……我在说什么？其中含有那么迫切的驱动力，那么狡诈、那么玄秘的催促，那么根深蒂固的惯性，以至于我经常怀疑，要是没有外在的援助，我自己是否可能从中逃脱。

"水动的时候，没有人把我放在池子里。"

（《约翰福音》第五章第七节 [1]）

一月二十日

充实的一天——空虚的一天。我唯一能说的是我撑住了。

一月二十二日

勒内·威德默少尉向我们描述，在进攻时，他唯一关注的是如何重整队伍，使战士保持良好队形。

他先是被一颗窒息弹轰得难以呼吸，然后

---

[1] 根据本节《圣经》记载，在耶路撒冷靠近羊门处有一个水池，旁边躺了许多病人，天使会按时入池搅动池水，水动时，谁先下去，他的病就会痊愈。

一颗子弹又穿过他的脸。

他不得不让 X 搀扶他走了好几公里路，才终于抵达有救护车的地方，在那里过了一夜。在他身边，另一个连队一名可怜的士兵在呻吟，他腹部爆开，人已在垂死状态。他对勒内说："少尉，可以让我握住你的手吗？我好痛苦！"整整一夜，他就这样握着勒内的手，并不时在痉挛中紧揪住它。

一月二十三日，星期日

昨晚我屈服了，就像我们对顽固的小孩子让步一样，"为了得到清静"。阴森的清静；整个天空都变暗了……

我已经没有理由再待在法比之家了，而且那里让我不舒服。在一年多的时间里，真正的慈善救济工作使它朝气蓬勃、充满生命力。现在，它成了一种博爱企业，我的思想、情感都开始反惑它。

一月二十四日

昨天的夕阳奇异、美丽得不可言喻，天空中弥漫着粉红色和橙色的暮霭；特别是在通过格勒内勒桥的时候，夕阳映照在舟楫往来的塞纳河上，令我赞叹不已。所有景物都融化在一片温暖而柔美的和谐中。我在圣叙尔皮斯的电车上满怀惊奇地注视着这一奇观，可我发现没有其他人留意它，一个人都没有。车上的每一张面孔都若有所思、充满忧虑……我不禁心想，有些人走遍千山万水，反而看不到这么美的景致。然而，除非是花钱买来的东西，否则人类通常不会认为它美，这就是为什么上帝的恩赐经常受人鄙夷。

"卖弄聪明对你有什么好处？"

我可以想象一部以这句话为主题的小说："我的罪孽拖累了我。"

一月二十五日

可怕的夜晚。我再度跌入谷底。

今早，我不到七点就起床了。我走到外面待了一会儿，听到了乌鸫的鸣唱声，如此奇异，仿佛春天提前降临，那悲怆而又纯粹的声音令我更酸楚地感觉到心灵的凋萎。

在某些瞬间、某些片刻，我会怀疑自己是不是要疯了，整个人都陷入躁狂。可我还是努力对抗……这需要多么大的耐心和狡猾！

一月二十八日

过去我曾费尽心思，设法消弭罪恶的概念，现在我却同样辛苦地设法在内心复原它。

一月二十九日，星期六

昨天晚上（其实已经连续几天了），我翻阅雅克－贝尼涅·波舒哀对《祷词》的精彩评述，这些段落出现在我手边这个版本的《奥迹崇想》

开头，但我不知道原来的出处。读了前两篇"崇想"以后，我却陷入一连串似是而非的伪推理中。这些推理非但不能说服我，反而让我不胜其烦，浑身不自在。不，我不能从那扇门进去；没有适合我的门。我可以愚弄自己，我努力尝试了；但维持不了多久，整个人很快就被我强迫自己心灵上演的这出闹剧吓得半死。如果教会要求我这么做，那就代表上帝仍然凌驾于教会之上。我可以相信上帝，信仰上帝，爱上帝，我的整个心灵都可以把我带向他。我可以让我的大脑服从我的心灵。但是，看在上帝的分上，不要去找证据，找理由。人类的不完美由此开始；我却在爱中感受到自己的完美。

一月三十日，星期日

假如我必须提出一个信条，我会说：上帝不在我们身后。他尚未降临。若想找寻他，我们该去的地方不是生命进化的起点，而是它的终点。上帝位于终点，不在初始，整个自然界在时间进程中趋向的至高无上的终点。对上帝而言，时间并不存在，因此，他加冕的进化是在其后还是在其前，以及他到底是通过召唤还是推动决定它，这些对他都无关紧要。

上帝通过人类获取信息，这就是我的感受和信念，也是我对这句话的理解："我们要照着我们的形象，按着我们的样式造人。"[1] 各式各样的进化论有办法对抗这种想法吗？

这就是我进入神圣领域所走的大门，这就是带领我走向上帝、福音等等的思考路径。

是否有朝一日我将能清楚陈述这些？

我已经在不自知的情况下相信这点很久了——通过一连串的领悟，这种思维慢慢在我内心变得透彻。接下来要做的是推理论证。

---

[1] 《旧约·创世记》第 1 章第 26 节。

一月三十一日，星期一

昨晚，我在《每周评论》上读到了弗朗西斯·雅姆的诗作《玫瑰经》[1]的第三或第四部分。这个作品之于真正的虔诚，一如礼貌之于爱情。

二月一日

我试着在每天上午和晚间空出半小时时间，让自己冥想、放空，平心静气地期盼……"单纯地专注于上帝的存在，暴露于他神圣的注视之下，就这样持续带着虔诚专注或暴露于……宁静祥和地（专注或暴露于）神圣的正义光芒之下。"[2]

我热切地盼望能写出一本关于冥思或"崇想"的书，让它成为《地粮》的对照，并使它在某些地方跟我正在构思的《给青年作家的建议》融成一体。我是否能……

---

[1] 《玫瑰经》是雅姆在皈依天主教之后的作品，内容歌咏了世上所有不幸、绝望、受屈辱的人。

[2] 出自法国耶稣会神父、灵修大师让－皮埃尔·科萨德（Jean-Pierre Caussade）于1740年出版的《对话形式心灵指导手册》。

二月三日

我放弃了阅读英文版的《圣经》。我的期盼不该被字词绊住，就算这能为我带来乐趣。不过，有时我还是会重新翻开它，在里头找我刚用法语读到的段落。有时候，某段文字就这样突然被一道新的光芒照亮：人若不重生 [1]。

今天一整天，我都在衡量我的过去投射在未来上的可怕阴影，于是从早上一直到晚上，我不断对自己重复着这句话。

二月七日

强迫自己每天在这本笔记里涂涂写写，这令我体会到前所未有的卑微，因为我是如此确切地知道、感受到笔下的文字平庸至极，尽是些反反复复、语无伦次的东西，实在无法指望

---

[1] 作者在此援引英文原文。此句引自《新约·约翰福音》第3章第3节，耶稣对一名到访的犹太官僚说："我实实在在地告诉你：人若不重生，就不能见神的国。"

它们能显现出我的价值，让我受人仰慕或钦佩。

我一直被某种欲望纠缠着，总希望能摆脱多余的情感，只保留那些最细腻、最高尚的部分。如果有一天，这些笔记问世了，有多少人会弃之如敝屣？那些尽管看了这些笔记，或说正因为看了这些文字，而愿意继续跟我做朋友的人，我是多么爱他们！

我不顾一切地紧守这本笔记；它是我耐心的一部分，它让我不至于沉沦。

二月十一日，星期五

昨天什么都没记。早上工作——至少是尝试工作。自从这星期开始，我一直无法享有安静的上午。琐碎的事务总会在最后一刻冒出来，而我的内在平衡尚未臻于完善，无法在导致慌乱的原因解除后立刻恢复冥想。不过我的状况确实改善了，可以保持在警觉的状态。对抗外在诱惑的最佳方式终究还是不要把自己暴露在诱惑面前。我们不能指望一跃就抵达天堂。

相反地，每次失败都是突然而彻底的，似乎要把人重新抛进深渊。失败经常是甜美的。至少它有可能如此，而我要一直这样告诉自己。"恶魔"总是等着在我耳边低语："这一切都是你自导自演的闹剧。春天来临的时候，你就会一整个投入敌人的怀抱。敌人？你说什么敌人来着？你唯一的敌人是你的疲劳。如果你能坦然面对，你的罪孽将是光荣的。所以请你坦率地承认，如果你在此谈论罪孽，那只是因为这出剧目为你带来方便，能帮你找回逐渐丧失的灵活，以及自由运用肉体及心灵的能力。今天，你把身体的疲惫视为精神的堕落；不久之后，当你痊愈了，你会不禁感到羞愧，因为你曾经相信唯有借助这种方式，才能治疗自己。"就目前而言，我还病着——而且只要我继续倾听这种声音，我的病就不会好。

二月十四日，星期一

昨天去了几次接待所（布瓦洛街八十七号），参观了那座巨大的"平价住宅"大楼。可这对我毫无益处。太多的感官刺激不断侵蚀着我的慈善事业。我的心，我整个人会毫无保留地迷恋那种状态，以至于我在参观结束以后感觉万分沮丧。

有谁能体会，匮乏可以跟奢侈一样吸引人？依偎在苦难的怀抱里可以像徜徉在爱情的激越中那般诱人？

最崇高的天境就在这里碰上了地狱。

今天早上，我在帕斯卡尔的著作里读到："我们体内充斥着会把我们抛向外在的东西……我们的各种激情将我们抛向外在，即便没有任何具体事物挑动这些激情。外在事物会自己来诱惑我们、召唤我们，即便我们并未主动想到它们。因此，许多哲学家说的'潜入你的内心，你会在那里找到救赎'并没有真正意义。我们不相信他们，而那些真的相信他们的人是最空虚也最愚蠢的人。"魔鬼也是这样告诉我的。

星期六

练琴。连续太长时间执着于某个乐段不但无用，甚至令人厌烦。比较好的方式是经常回过头来练习；真正的耐心是这样表现出来的。没有什么比这更不浪漫了。耐心要求的不是猛烈的夺取，而是通过缓慢、按部就班的投入达成目的。

诗歌创作中根深蒂固的困难也是如此。虔诚和对上帝的认识也一样：表面上看似最突如其来的启示，其实源自无意识的、漫长的准备。艺术创作必然是在惶恐不安的状态中锲而不舍的结果。

星期五晚上

工作、宁静、平衡感带来的喜悦。思想有种祥和的重量。开始翻译卡比尔的诗作！

星期六

每一天都太短了，每个小时都过得太慢了。

三月三日

无论在做什么事，我都会感到焦躁不安，这让我怀疑自己是否应该做点别的。对我来说，这种焦虑状态通常是创作的前奏；我这样告诉自己，以免对自己太过恼火。

在这种焦虑发酵期间，我应该刻意放弃一切阅读，面前只放一张白纸。可我会逃避工作，同时开始读六本书，不知道该把自己藏在哪本后面，才能暂时不必响应那些要求……

没有时间可以浪费了；我必须说服自己，明天就正式开始工作。我不能只是凭吊过去那些知道该怎么下决心的日子；我必须像年轻时那样，毅然决然下定决心——并且告诉自己，与其像现在这样做除那件事以外的所有事，倒不如什么也不做。

推迟所有进一步的阅读、翻译工作和要写的信——第一要务是重新开展我自己的创作。

三月五日，星期日

今早写了半页的《肖邦》。下午完成了整理稿子的工作，也就是说将过去写的笔记中值得保留的部分分门别类，其他的都撕掉了。撕、撕、撕，就像前一天我一直在修剪沿墙栽植的果树一样。要撕的东西真多！即便是那些硕果仅存的部分，还是让我觉得那么平庸！在某些封面底下，我发现了许多非常陈旧的文字。我认出了那些我曾经认为优美流畅、充满严谨思维的文句，但时至今日，里面的汁液早已枯竭。我为其感到羞耻，那种格调令我看得痛苦，它是如此造作，如此不自然。除了我通过最卑微、最有耐心的努力所获得的创作成果以外，我写的其他东西都不再能让我感到高兴了。

就连我保留下来的那些纸张也不见得有什么价值，除非我把它们完全重新熔炼，使它们消失在一个新的整体中。

星期六

继续撰写我的童年回忆。然而，写到我跟父亲到卢森堡公园散步的事时，我的笔锋又落入一种迟疑，不断擦除、重写，我的创作活力已经耗尽，而这正是我最需要治好的毛病。我把同一个段落至少写了六次，最后还没把它写好就不得不上床休息。

有必要勇敢地往别的方面去写，大不了先在旁边标记"待重写"。

今天早上，我一起床就轻而易举地重写了整段文字，想必这得益于前一天的辛勤工作。

星期二

买了三本型号奇特、又大又长的笔记本，用来保存我的回忆。

三月二十二日

只要我们相信自己必须战斗，我们就会好好地战斗，不过一旦战斗变得徒劳无益，一旦我们不再痛恨敌人……我仍在坚持，与其说是出于信念，不如说是为了挑战。

立刻就重新振作。

三月三十一日

最近这几天，我把这本笔记冷落了。现在，我的创作又回到了正轨，因此记日记变得比较没有用处，而且还令我有点厌烦。撰写回忆录的工作不断往前推进，有时我在写作过程中会迟疑、修改、重写；不过我拒绝重读已经写成的东西，连把它整理清楚都不行。我怕我会对自己写的东西感到厌恶，因而失去继续写下去的勇气。

四月二日

我整天被行政事务耽搁着，几乎什么正事也没做；行政工作透过所有感官渗入我的内心。

我花了很长时间修整园子里的树木；我邀请瓦伦丁过来，在温室花园那些树木的树干上涂石灰，然后我想到，也许事先把树干刷干净也不错。我在工具间找到了一把钢丝刷，然后热火朝天地干了起来。我刮下一大堆苔藓、地衣和灰尘以后，那些幼树的树干变得平滑、光亮，色泽柔和，触感舒适，赏心悦目。它们看起来就像一群赤裸的运动员，面容英俊，充满活力，肌肉紧绷，抹了油的身体闪耀着健康的光芒。

就像我在拉罗克跟格翁在一起的时候一样，我特别欣赏树皮这种美妙的东西。每棵树的树皮都那么独特！无论纹路、色调或质地，都那么与众不同。

四月四日

今天早上，我谦卑地祈求上帝：

上帝啊！请在这一天里扶持我、指引我、保护我。

四月十八日，星期二
我换了一本笔记本。

昨天从巴黎回来，我在那里待了三天。是休假中的格翁叫我去的。我也见到了科波。

很高兴能与我英勇的伙伴们重逢。在屈韦维尔待的最后那几天太可怕了。我想，没有多少人能理解我对自己有多么敌视。我甚至不敢再说话；我不再能主宰脱口而出的东西，说完便想立刻收回。我越是想收回那些话，我的语气就会越发变得尖锐、强硬、断然，再微小的矛盾也会变得难以忍受。

这就是那种诡异的"汁液枯竭"现象发生的原因，我的心绪经常为此所扰，变得杂乱无章，满是枯枝败叶。于是我们会想：再来点"汁液"吧，然后这些可怕的枯枝就会重新长满绿叶繁花……它干枯时的确可怕。它只能当柴烧，我们只会想砍掉它。

一个人如果处在内心平稳、始终如一的状态，他就不会知道这一切；基于这个原因，身心太过健全的人通常很难成为优秀的心理学家。

六月十五日

我把这本笔记的二十来页撕掉了，书写脉络因而断裂，导致我一个多月无法在上面写东西。我把所有时间都倾注在《回忆录》上了。如果有人惊讶于我在炮声依然回荡于大地之际，还能拥有进行这项创作的兴趣，我会说，这正是因为我目前不可能从事任何需要想象力的创作，任何思考性的创作。我的外在和内心都感到了巨大的惶恐，而今天我之所以写下这些回忆，也是因为我在其中找到了乱世中的依靠。

被我撕掉的那些段落仿佛是疯子写出来的玩意儿。

九月十六日

唯有依靠不断的努力，时时刻刻、不断更新的努力，才能取得成果。没有计谋和吹毛求疵的态度，我是不会成功的。

假如我要求自己只在这里记下重要的事，我将一无所获。我必须决心在这本笔记里记录一切。我必须强迫自己写下一切。

星期日

"于是，我们从神的使徒那里得知，为了惩罚那些罪孽最深重的人，他把他们交给了他们自己的欲望。这仿佛是在说：他把他们交给了刽子手……"（波舒哀，《天意》第一卷）

九月十九日

昨天，情况再度恶化，真可恶。整个夜里风雨交加。今天早上又下了很多冰雹。起床时，我的头脑和心情都沉重而空虚，充塞着地狱的重压……我是个失去勇气的溺水者，只能软弱无力地做最后的挣扎。三种召唤具有相同的声音："快是时候了。时间到了。已经太晚了。"于是我们无法加以分辨，当我们以为听到的还是第一个召唤时，其实已经是第三个在响着了。

要是我还能重述这种剧目就好了；在撒旦占有了一个生灵，利用他，通过他对其他生灵施加作用以后，把撒旦描绘出来。这似乎是个虚妄的意象。我自己也是最近才明白这一点：人不只是囚犯；动力强大的罪恶要求你做出逆反的行为，因此你必须与邪恶斗争……

最大的错误就是对魔鬼抱有浪漫的幻想。这就是为什么我花了那么多时间才认出它来。魔鬼不会比他的任何交谈对象更浪漫或更古典。魔鬼跟人类本身一样多元；甚至更多元，因为他增加了人的多样性。当他为了掳获我而必须具有古典性时，他在我面前让自己变得古典，这是因为他知道我不会情愿把某种快乐的平衡归类为罪恶。我不明白，某种平衡至少在一段时间中可以被维持在最糟的状态下。我以为一切受到管制的东西都是良善的。透过克制，我以为自己能够制伏罪恶；结果反而是魔鬼透过这种克制占有了我。

九月二十日

昨晚抵达巴黎。

一觉醒来，一种对自己的厌恶和残暴的憎恨占据了我的思绪。我带着敌意巨细靡遗地窥视自己的一举一动，结果导致它忸怩无比。无论是优点或缺陷，我不再具有任何自然的成分。我所记得的关于自己的一切都使我感到憎恶。

星期一

你们难道看不出你们是在跟死人说话吗？

星期三

攻占蒂耶普瓦勒及孔布勒 [1]。

十月三日

只要碰到一点实质性的障碍，我的思想就会绷紧、停止——无论那障碍是跟纸张还是跟墨水有关。手指的僵硬导致大脑的麻木。笔要是会刮纸面，我的文风也会变得不自在。今天，我不准自己练钢琴。我强迫自己写作，尽管我头痛欲裂，而且还有那种经常令我瘫痪的麻木感。至少我的钢笔写得很顺畅。我正坐在林荫道的一张长椅上写东西。假如我在冬天来临前还没法重新振作，我就麻烦了。今年夏天的这几个月真是糟糕透顶，既没有工作，又极度消沉。我想，我从未如此远离幸福。我总是隐隐约约地希望，求救的呼喊会从深渊底部传来，只可惜我真的发不出那个声音了……人在极度沉沦

---

[1]　两者皆为索姆河战役的主战场。

时，至少还有可能仰望蔚蓝的天际；可我的情况不是这样。我已经沉沦得如此之深，却还一直往更低处看。我放弃了仰望天空。我不再为自己抵御地狱。僵硬的想法，所有那些疯狂的先兆。没错！我把自己给吓着了；原本我那么懂得为他人提供建议，现在却对自己无能为力。

既然我已经能谈论这些，这是否代表我已经能确定自己痊愈了？

雅克－埃米尔·布朗什身上有种满足、自在、轻盈的东西，让我感到莫名的不安。布朗什在他的人生游戏中握有太多王牌，而他心中最迫切的需求就是向所有人证明，只要少了其中任何一张王牌，活在世上就不再有意义。

十月六日

想必我不会有力气，也不会有毅力写出我隐约窥见的这部精彩的小说，它的主题是：

一名男子的性格中同时具有激情（乃至荒

淫）以及美德；他还很年轻时就娶了一位妻子，而她对他的爱只在他心中激起高贵、无私等等高尚的情操。在自己几乎浑然不觉的情况下，他为她牺牲了所有热情、冒险、淫奢的部分；或者至少可以说，他把那些都束之高阁了。

妻子死后不久，一种可憎的怀旧之情占据了他的身心。他觉得自己又变得年轻了。他要重新展开生活，过一种不同的人生，一种能为他带来所有曾经出于美德、矜持和自愿的匮乏而放弃的一切。他将自己抛进一种奢靡的生活。他从中获得的厌恶和自我鄙夷……

拉罗什富科曾说："人不可能重新爱上他已经不再真正爱的事物。"即使我们不再爱的是自己，这句话同样有效。

假如我都用这种方式描述，我每一本书的主题都会显得很白痴。但我深深相信，虽然这样简单陈述的故事乍看可能显得荒唐至极，实际上它会具有最悲怆的美感。这是一个不愿承认自己美德的人的故事。

十月七日

曾经有段时间，我厌恶一切并非源自喜悦、不是从满溢的生活之乐中奔流而出的文学与艺术。然而今天，难道不是我心中难以言表的悲伤在驱使我表达吗？

十月十日

在那些玛还能分给我的短暂时光里，我继续跟她一起阅读迪普埃[1]那些令人钦佩的书信。如果我具备足够纯粹的热情，我会想在这些信件出版时写一篇序言。它们的美有时像一把用冰打造的利剑一样在我的眼前闪耀。

十月十五日

创作热情慢慢消退。昨天，情况再次严重

---

[1] 皮埃尔·迪普埃（Pierre Dupouey），出生于香港的法国海军上尉、英文翻译官，"一战"期间于比利时海岸的战役中阵亡。《海军上尉皮埃尔·迪普埃书信集》于 1922 年出版，由纪德作序。

恶化，使我的身体和精神都处于接近绝望、自杀、疯狂的境地……西西弗斯还没能爬上山坡，他的岩石就又滚到山脚下，岩石带着他坠落，压过他的身躯，以致命的重量将他卷走，使他重新摔进泥沼中。什么？又得从头到尾重新这样凄惨地往上爬？我记得从前在平原上，我未曾有过任何必须攀登的忧烦，只是慵懒地坐在那块不必搬起的岩石上，对着每个新的时刻微笑。"唉！主啊，您由不得我就怜悯了我……既然如此，那就把您的手伸出来吧。亲自带领我到您身边那个地方去，那是我无法触及的地方。"

"可怜的灵魂，假意展示罪恶……"

"主啊！您知道的，我已经放弃与任何人讲道理。就算我是为了逃脱自己对罪孽的屈从才臣服于教会，那又如何呢？我决定臣服。啊！请解开束缚我的枷锁。让我从这副身躯的可怕重量中解脱。啊！让我稍微活起来！让我呼吸！把我从罪恶中拉出来。不要让我窒息。"

十月十七日

年龄的增长让我不再希望了解自己的身体。失败和苦难才刚降临，一种幸福的平衡几乎接踵而至。我想把这看作某种对我呼唤的回应；但我心知肚明，在我开口呼喊的那一刻，我的痛苦就已经过了最高峰。我就像一个发烧的病人，正要吞下奎宁，就觉得烧已经退了，但还是把药片吞了下去，因为在整个病发期间，他一直在心里想着："啊！要是早点吃药就好了！"

我写这段文字并没有不敬的意思，而是因为我一方面相信，虔诚的行为不尽然是苦难的结果（成果），同时我也认为，因为身体上的苦痛而企图召唤上帝，这是不妥当的，或许更好的个人卫生就能让我们克服这些困难。

十月二十一日

那天早上，他特意在房间里等她，可以说是"心急如焚地"等着；他匆忙梳洗，推迟了工作和祈祷，竭尽所能赶早下楼。这是因为前一天她答应过他要去那里，现在，他带着全新的、喜悦的灵魂匆匆赴约；他正蓄势待发。

他走进房门时，房间里空无一人；他在桌子上发现了她前一天答应读给他听的 D 的来信。她把信摆在那里，好像在说："别等我了，你自己读吧。"他没这么做，因为他觉得自己读没意思。他坐在窗台上，翻开了随身带的一本书。但他的注意力不在书上，他在想："她到底在哪儿？她在做什么？等她过来的时候，我要跟她说什么？显然，她不是无所事事，我甚至愿意承认一定是有些紧急的事需要她处理，这里经常出现这种状况，任何时候都可能发生，天天如此。"他竭力不让自己恼火，并打算很简单、很温和地告诉她："我开始以为你把我给忘了。"要不然就说："你好像忘了我会在这儿等你。"

就在这时，他听到她的脚步声出现在门厅，可她还是没有上楼；她来来回回转，在忙些不知什么事，距离钟响已经没剩几分钟了，到时整屋子的人都会集合起来吃早餐……他听到她开始帮时钟上发条。那是一座大型老爷钟，摆在楼梯下方。想必她在经过时看到钟停了，于是在上楼跟他碰面前，先顺手把时钟重新调好。他听到了两声钟响，然后是半点的响声，然后是三声……比较糟的是，老式的时钟会连响两次。已经过了八点钟，他计算了一下，还得再听五十四次钟响，而两次钟响之间的间隔长得令他无法忍受……他再也按捺不住了，只好走到走廊上。

"我把信留在桌上了，这样你就可以看了，"她若无其事地说，"你看，我还有事要忙。时钟不准的话，整栋房子的人都要来不及的。"

"我还发现一件事：我已经等你二十分钟了。"

可她没有道歉；她一直非常平静，他则完全乱了方寸，甚至已经开始怀疑，他这样等她是不是错了，而她不来才是对的。他没这么说出来，只是在心里嘀咕："亲爱的小可怜，每次约好跟我见面，你总有办法在半路上找到需要上发条的时钟。"

十月二十五日

整场战争似乎是在以实例说明这点：即使拥有世界上最美好的品德，不懂方法也是一事无成。莫拉斯[1]是这样教我们的；德国则将其付诸实践。

十月二十六日

前天和昨天都失败了。最好还是别为此感到太难过。没有必要老跟自己的缺失过意不去。

十月二十九日

报纸令我气急败坏，那种怯懦而过时的论调似乎总是认为胜利就是不去察觉自己挨打的事实。我觉得媒体正在讨好和鼓励法国人战时

---

[1] 指夏尔·莫拉斯（Charles Maurras），法国保守主义作家、政治家、评论家。莫拉斯的思想极大地影响了法国天主教和其他极右翼意识形态。

最危险的一个精神怪癖，因为这样一来，缺乏准备会是必然的结果。战争爆发前，正是这些媒体否认了德国的危险；现在，它们则忙着日复一日为我们悉心奉上用这种不合时宜且会招致祸害的信心所调制的小菜。没有任何失败能矫正这些弱点。这就是为什么阅读《鲁昂快讯》令我感到安慰，尽管我跟他们的立场不一样。与其结交愚蠢的朋友，不如有个聪明的对手。可是，找出错误无异于开枪打白里安[1]。想必这样就可以解释那些官方大报明显的愚蠢，并为它们提供借口。

然而，在我看来，还可以试着采取另一种立场、另一种语调。面具和脸部之间的距离要是太远，也必然是种疏忽吧？官方报纸也许可

---

[1] 阿里斯蒂德·白里安（Aristide Briand），法国政治家。曾十一次担任法国内阁会议主席（相当于现在的总理）。"一战"后国际关系核心人物，1926年与德国外长施特雷泽曼同获诺贝尔和平奖，旨在表彰他们达成了实现法德和解的《洛迦诺公约》。

以在不隐瞒错误的情况下承认，白里安终究还是最有办法弥补错误的人，因为他就是犯下那些错误的人……

总之，我们陷进烂摊子了。

星期二上午

回了几封信，继续翻译《台风》[1]。

十二月三十一日，星期六

我的创作工作有时会让我觉得不再有任何意义，完全失去了它存在的理由，以至于我很难重新投入。我也不再有任何欲望继续写这本笔记。啊！无法清算过去的一切，一九一六年这个耻辱之年的最后一天……

---

[1] 康拉德海洋小说中的代表作。——编者注

一九一七年

一月十一日

几天来，我一直在给我的《回忆录》想标题；我既不喜欢《回忆录》，也不喜欢《记忆集》，更不喜欢《忏悔录》。其他标题都会有一个麻烦，那就是会带有特定的意义。我在《而我……》和《如果种子不死》之间举棋不定，前者的缺点是会使意涵变得狭窄，后者则会把意涵扩大，使语意有所倾斜。

我想我还是会选择后者。

一月十九日

如果要好好写作、好好思考，先决条件是思考或写作这件事不夹带任何个人利益。我写《回忆录》的目的不是为自己辩护。我完全不需要为自己辩护，因为我并未遭受指控。我是在遭受指控之前把它写出来的。我写它是为了让别人指控我。

一月二十日

当潮水带着你前进时，任何程度的努力都是足够的。但当潮水退去，当我们必须与潮水的方向对抗时，努力不足便会带来灾祸。

一月二十一日

玛蒂尔德·罗贝蒂[1]今晚离开。她在的这段时间，我中断了《回忆录》的撰写工作。我迫不及待地要继续写。我还没触及那些促使我写回忆录的理由。也许我在"门口闲聊"这个部分沉湎太久了。除此之外，死亡的想法一直萦绕在我心头。我没有一天不问自己这个问题：假如我今天就死掉，一个小时后、片刻后就死掉，一切戛然而止，那我要说的东西会剩下什么，别人能看到什么？因为我一直小心谨慎、迟疑拖延，一直偏执地想把最好的部分留到更恰当

---

[1] 玛蒂尔德·罗贝蒂（Mathilde Roberty），玛德莱娜的好友，她的父亲是纪德与玛德莱娜结婚时宗教仪式的主持人。

的时机再写，到后来我反而觉得一切都还有待书写。到现在为止，我所做的只是准备工作而已。我对生活、对我的人生完全没有信心；这种忧虑从未离开过我……在我终于胆敢开诚布公地表达，说出一些本质性的、具有真正意义的事时，我害怕看到生命骤然结束。再也不能有任何东西让我分心。

一月二十三日

在玛蒂尔德面前，那种瘫痪的感觉又攫住了我。每次只要感觉到有人在听我弹琴，我就会浑身僵硬。即使是最熟悉的曲目，我的记忆也会在最初几个小节就失灵。

二月八日

地面已经积雪超过十天。下午还没有解冻，风把大量的雪吹到了山坡上，我们不得不在山坡旁的道路上挖壕沟。下方所有道路上的积雪都高得跟周围的田地齐平。如果沿着那些路走，你的大腿就会被雪埋没，人几乎会消失不见。你被迫走在田里，而且还得要靠运气才能辨认出田地边缘；万一超出边缘，人就滚进坑洼里去了。昨天傍晚，我沉思了很久，然后带着玛去看风如何用几乎察觉不到的方式，连续不断地在雪地上发挥作用；被扬起来的雪仿佛一片薄薄的白纱，笼罩着整座平原，使它显得模糊。雪沿着地面跑，样子跟沙丘地区的沙尘很像；夕阳把它染得五彩斑斓。

三月一日

想重新进行创作极为困难。我把一堆回忆写下来以后，回想起那些文字，感觉它们似乎带有亵渎的性质，而且轻浮到了可悲的程度。不管我下了多大的决心，我的心神总是会屈服于一种钟摆运动，要是外部环境和我的身体状况允许我更加放纵，恐怕我会任由心智的摆荡把我抛进极端的放荡中。我觉得自己好像太幼稚无知，犯了刻意使思想倾斜的过错，以为这样就能让它更好地理解天主教的教义。真正的不虔诚莫过于此。

关键不在于对上帝谦卑，而在于对人类谦卑；后者一直是我的隐疾。顺便说一句，我在陀思妥耶夫斯基和波德莱尔身上也发现了这种毛病。

三月七日

穿越一片新的荒漠地带。骇人的日子，游手好闲，唯一在忙的事是变老。外头寒风刺骨，冷雨淅沥。战争肆虐。

我绞尽脑汁，花了好几小时才挤出一页《回忆录》，而在我心情好的时候，只需片刻就够了。我想，就像画家害怕会把画布弄脏一样，暂时放弃也许是明智之举；我要等待更好的创作状态到来。

三月八日，晚上

死亡的想法整天萦绕着我。我感觉死亡就在那儿，在我身边，紧贴着我。

四月三十日或五月一日

昨天写信给科波；今天写给康拉德。空气逐渐变得暖和，天空明灿亮丽。要不是我知道自己已经年近半百，我会感觉多么青春！时局造成的焦虑紧紧抓住我们；我不让自己谈论这些事，可我满脑子都是这些事。

在一九一四年的最后几星期，我在一本笔记上写道："如果战争如某些人所宣称的那样持续数年，那么很有可能到最后每个国家都只是精疲力竭地回到各自的国界范围内。"

在明知自己的声音根本无人倾听时，还能继续说话、继续写作，这还真得需要相当剂量的神秘主义心态——或者我其实也不知道是什么——才行。

从上到下，从头到尾，我只看到疏忽、无意识和草率。身处这一切之中，憨厚老实的人看起来像个英雄——要不就是像个傻蛋。

责任感——或者说得更世俗些，法律意识——已经松懈到了这种程度，以至于只要稍微严格地加以实施，民众就要高喊"暴政"。还有什么东西比"执法"更令人鄙夷的呢？

腐化他人所带来的乐趣是最少被研究过的乐趣之一。所有我们一开始就想加以败坏的事物都是同样的道理。

五月三日

天空再怎么湛蓝光灿，也无法照亮这些阴沉的时日。媒体企图掩盖最近一次进攻失利的事，但徒劳无功；整个国家都承受着无比沉重的压力。

我越来越无法相信真正的决定可以通过枪炮达成。俄国革命发生之后，我清楚地意识到，这场巨大的战争将被各种社会问题吞没。我不再认为德国转变成共和国是不可能的事。

"那英国也包括在内吗？"

"所有欧洲国家都将成为共和国；战争的结局也不会有什么不同。因为德国不会打赢我们，我们也不会打赢德国；就算打赢了德国，我们也将经受胜利的考验，甚至可能超过德国因失败而遭受的摧残。今天的问题在于：因为不肯承认这点，我们到底还要承受多少死亡？"

人民的反抗精神中包含很多美德，而且是最高尚的美德，但也有不少固执，甚至还有一些愚蠢。满腔热血想要为国捐躯，宁死也不愿牺牲美德，这些确实都很感人。搞不清楚自己正在迈向死亡却是件荒谬的事。这正是为什么今天会有那么多人投身于神秘主义的怀抱；理性思考把他们逼得走投无路，他们找不到别的办法逃离这种绝境。

五月五日，星期六晚间，抵达巴黎

……如此宁静安详，我已经好多个月，甚至好多年没体会过这种感觉了。要想不把这个称作"幸福"，得很努力地进行一番逻辑推理才行。

五月十九日

格翁的样子居然变得跟屈韦维尔的本堂神父颇为相似。这种相似性让玛和我都觉得很讶异。同样的语调，同样略显漫不经心的慈祥目光，同样试探性的赞同，同样的退缩，同样难以言喻的游离状态。

我强忍着悲痛，但某些时刻，我会觉得这件事比格翁死了还要让人失落。他并没有改变，也没有消失；他只是被充公了。

八月二十一日

我相信在米歇尔[1]温柔的外表下，藏着不愿屈服、擅于抗辩、时时准备好起身反抗的本性。我们很难从他身上得到什么东西，除非他凭着爱把它赐给我们。

---

[1] 纪德以此名指马克·阿莱格雷。

遣悲怀

　　在某些日子里，这男孩会散发出令人惊奇的美。他似乎披戴着优雅，如果用西尼奥雷利的笔调来形容，就是全身洒满"众神的花粉"。他的脸庞和肌肤散发出一种金色的光芒。从脖颈、胸脯、脸颊到手，他的整个身体都散发着同样温暖的金色光芒。那天，他身上只穿了一条长度不及膝盖的宽松棕色粗呢裤，以及一件色调浓烈的紫红丝质衬衫，衬衫在皮腰带上方鼓起，领口敞开着，露出脖子上挂着的一条琥珀项链。他赤着脚，光着腿。头上戴着的一顶小童军帽把他浓密的头发往后固定，否则会乱蓬蓬地掉落在前额上。仿佛为了对抗他的童稚模样，他在嘴边叼了一支带琥珀烟嘴的欧石南根烟斗，那是法布里斯刚送给他的，他还从没抽过。笔墨难以形容男孩目光中的慵懒、优雅和妖娆。法布里斯出神地凝望着男孩，在很长时间里近乎失去了对时间、地点、是非善恶、风俗礼节，甚至对自己的感知。他怀疑世上是否有任何艺术作品曾描绘过这般美丽的存在。

他不疑那个曾经伴随、引领他品尝欢愉的人面对如此明目张胆的邀约，是否能坚持自己原本的神学志向、道德决心，抑或是为了崇拜这等偶像，他早已决定还俗入世，游乐人间。

有时我不禁怀疑，在这里，我喜欢的并不真的是音乐，而是练琴，而催促着我练琴的，主要是一种使某件事臻于完美的需要。

九月十九日

昨天夜里回到屈韦维尔。乘车从伯兹维尔返回；一路上，我一直在欣赏满天星辰，浩瀚无垠的星空也许从未如此令人震撼。

九月二十日

假使我不敢在这本日记里诚恳记事，假使我在这里隐藏心灵的秘密活动，重新开始写日记又有什么意义呢？

九月二十一日

天气太好了！天空纯净。我的心神飞跃起来，翱翔在宁静的空中。我一下子想到了死亡，我无法说服自己，我只剩下为数不多的夏天可活。啊！我的欲望并没有减弱多少，要我主动削减欲望也是困难重重！我无法同意将我的幸福放进过去式。为什么？因为我从来不曾感觉像上个月那样年轻，那样幸福——幸福到我没法把它描写出来。我只能含糊地呢喃……

九月二十三日

今天晚上，我决定把初夏时节在巴黎写的《回忆录》段落念给玛听。某些段落相当令人满意；但有时遣词造句会过于讲究，有玩弄辞藻之嫌。

现在我希望能换一种更突兀的，不那么自我陶醉的说话方式。

巴黎，十月一日

今天的天气晴朗亮丽。我心中的天空更是光辉灿烂；一望无际的喜悦令我时而感动，时而振奋。

十月二十二日

昨天回到屈韦维尔。

最近这些日子里（基本上是从五月五日开始），我一直生活在幸福的眩晕中，这就是为什么这本笔记本有这么多空白。它所反映的只是我的乌云。

十月二十五日

别搞错了：米歇尔爱我，不单是因为我是什么样的人，更是因为我允许他成为什么样的人。何必要求更多呢？我从未如此享受生活；生命的滋味也从未如此甜美。

十月三十日

我带着济慈一同休息，满心欢喜地阅读他的书信：与其当戒慎的固定之物，不如当唐突的移动者[1]（语出《书信集》，第二卷，第八十页）。

我从不曾如此排斥休息。我从未像现在这样被盈满的激情推向如此高远的境界——波舒哀在他的著作《圣伯纳德颂歌》中称此为青春的特权，今早我把这本书拿出来重读了一会儿。年龄的增长既不能掏空感官情趣的吸引力，也无法将整个世界的魅力抽干。相反地，我在二十多岁时更容易感到厌烦，对人生也比较不满意。那时的我接吻时更胆怯，呼吸也不那么急促，也感觉不到多少爱意。或许也是因为当时的我希望自己故意表现出忧郁；我还没能理解幸福的崇高至美。

---

[1] 原文为英语。——编者注

十月三十一日

戏剧人物：被鄙视的私生子发现自己是国王的儿子。他复位后，凌驾于其他兄弟——那些合法王子——之上。

小说人物：医生说他只剩一年可活。一年结束以后，他破产了，但从不曾感觉如此健康快活——而且，由于已经养成了幸福的习惯（不为明天的事烦恼），他变得更加坚定果决。

十一月一日

某些时刻，我突然灵光一闪，感觉到人生在世的时间已经所剩无几；正因如此，我对我阅卖的一切都兴致勃勃，眼见所有事物皆美不胜收，生活漾满喜悦任我品尝。

昨天，我收到了一封马克·阿莱格雷的来信，信中充满奇思妙想和优雅从容，让我的所有思绪都沐浴在阳光下。

教育就是解脱。这是我想教给马克的事。

十一月三日

我身上音乐家的性格多过画家特质；毋庸置疑，与其为我的文句添加丰富色彩，我更希望让它充满律动。我希望它能忠实地再现我的心跳。

十一月十二日

我秉持苦修精神，练习贝多芬那首令人厌倦的 F 大调奏鸣曲（小步舞曲形式），还有它那托卡塔式的终曲。还是需要针对颤音做大量练习，不过跟去年相比，已经有了一些进步。

今天上午，我花了很长时间观察一只大黄蜂与一朵金鱼草花之间的争斗；那朵花迟迟不肯献出它的蜜。大黄蜂进攻花冠的周边部位，不断舔它，咬它，后来甚至是撕扯；它先是带着无力的愤怒攻击，然后终于有了胜利者的嚣张……

十一月十六日

死亡的念头异常顽固地追逐着我。做每个动作时，我都会计算一下：做过几次了？我继续推算：还能做几次？我充满绝望地感觉到年轮的运转速度正在加快。然而，也正是因为周遭的潮水逐渐退去，我才变得更加口渴；我能感受青春的时间越来越少，反而让我觉得自己更加年轻了。

十一月十八日

如果我将不久于人世，前面写的那段文字或许显得很有预言性；但要是我在十五年后还有机会看到这些字句，我会感到羞耻。倘若我能忽略或忘记自己的年龄，想必就不会这样时时意识到这个问题！以后我提醒自己这件事只能出于一个目的：催促自己创作。

十一月二十三日

上车——去巴黎 [1]。

该怎么做？若需让我的生命停止——我的意思是说，限制它，缩减它——自杀反倒比较容易。

时时刻刻，我都觉得我开始活着了，我终于胃口大开。

就像泰奥夫人常说的那样，我将在爆裂中死去。

屈韦维尔，十一月三十日

幸福快乐带来无边狂喜。

我的喜悦有种未经驯服、自然野性的特质，与任何教化、礼节、律法都毫不相容。我要透过这种喜悦，回归幼时的笨拙摸索，因为在我心中，那代表的是全然的新意。言词、动作，一切都需要我重新创造；过去种种已然无法满

---

[1] 原文为英语。——编者注

足我的爱意。我内在的一切都在尽情绽放、感受惊奇；我的心在悸动，生命的澎湃涌向喉头，仿佛一阵哽咽。我不再知道任何事。这是一种没有记忆、没有皱纹的激情……

十二月十五日

乘车到克里克托。低低的天空非常阴沉，充满骤雨将至的预兆，强劲的海风猛吹天上的云雾。对马克的思念让我始终沉浸在一种抒情状态中，这是我在《地粮》之后还不曾有过的感觉。我不再感觉到自己的年龄，不再感觉到时代的恐怖，也不再感觉到季节，除非是为了从中汲取一种全新的激越；假如我是一名士兵，带着这样的心情，我会充满喜悦地面对死亡。

我认为现在我喜爱"大晴天"的程度已经不再胜过晚秋的天色；后者是如此悲怆，色调肃穆，发出悲剧性的声响。成群的乌鸦在平原上方疯狂地展翅飞翔。

一回到家，我一口气就把《田园牧人》的

前言写完了，以回应我今天早上为迪普埃的《书信集》写好的序言。然后，我练习了贝多芬F大调奏鸣曲那令人恼火的托卡塔（终曲），不过等我几乎能掌握它以后，它就变得迷人了。

十二月十六日

昨天和今天都在为《田园牧人》而烦恼。杂七杂八的笔记、草稿和没写好的文字散乱成堆，置身其间的我不知何去何从——我真怨马塞尔·德鲁安在我火候正热的时候打断我的创作。不过我真的觉得我想说的事很重要。我不禁又想到易卜生的这句话："朋友令人害怕，不见得是因为他们会对你做什么，而是因为他们会妨碍你去做一些事。"也罢！我一定办得到的。

外面在下雪；在绝望的平原上，所有光芒都已逝去……

十二月十八日

……的确，长久以来，早在大战开始之前，

我就一直沉迷于"法国正在垂死挣扎"的可憎想法。一切都在向我展示它的精疲力竭和堕落；这些现象无处不在。我觉得一个人除非瞎了眼，否则不可能看不见这些。我心想，如果有什么东西可以挽救我们，那只可能是一场浩大的危机。我们的历史中充满了这种危机，巨大的危险。战争……而在这场危机的开端，我欢欣喜悦地让自己被希望之情占据。法国重新振作了。全体同胞愿意为了解救祖国而抛头颅、洒热血。然后，这场战争逐渐让我们触摸到自己的所有不足、混乱，而这一切的代价是人类德性无止境的荒唐败坏……

今天，我们一味控诉战争，但罪孽源自更久远以前。

德国想从我们这边拿走一切。我们可以从德国那边习得一切。这个公式相当好地总结了……

一九一八年

星期一

我今年夏天蓄积在身上的健康和喜悦的存量是否已经消耗殆尽？一种说不上来的旧疾复发之感令我不禁担心起这点。我已经感到饥渴，想要纵身一跃，重新跳进生活。

练习贝多芬和格拉纳多斯。

二月二十二日

你说你觉得断言上帝存在是件很困难的事。你倒说说看，断言上帝不存在难道不是更困难吗？

三月八日

再度被召回巴黎……

玛无法知道我一想到要离开她，到离她很远的地方找寻幸福，我的心会撕裂得多严重。

四月十八日

我不追求与时代同步；我想超越我的时代。

四月二十日

有时我会自问，我一直想纠正马克，这样是不是大错特错？或许我能从他的缺点中学到的东西，胜于他从我想教给他的优点中学到的益处。我从母亲那里继承了这种一直想要修正爱人的坏毛病。然而，马克吸引我的地方正好就是我所说的他的那些缺点——或许那些根本就是诗人的特质：无忧无虑、好动爱闹、忘记时间、忘情于当下……他最讨我喜欢的部分，就是这种大胆不羁的自我肯定，而这种特质怎么可能不夹带几分自私呢？

四月二十三日

昨天把《沙格帕的修面》[1]看完了。这是最

---

[1] 英国作家乔治·梅雷迪思（George Meredith）的著名小说，灵感来自《一千零一夜》。

令我又羡慕又嫉妒的书之一，真希望是出自我的手笔！

若想正确合理地讨论我的作品，只有一个可能：从美学的角度出发。

五月十一日

最大的幸福是爱上一个人，其次就是向爱人坦承你的爱。

五月十七日

啊！已经是仲夏了。我的心化成一曲盛大的欢乐颂……

六月一日

有时我会惊恐不已地想，我们在内心希望法国取得的胜利，会不会是过去对未来的胜利。

我在巴黎读了（一部分）道格拉斯[1]那本令人作呕的书：《奥斯卡·王尔德与我》。没有人能把伪善发挥得更淋漓尽致，或把谎话说得更厚颜无耻。那是一种对真相罪大恶极的歪曲，使我看得满心厌恶。

六月二日

德国人打到蒂耶里堡了。每一天都是如坐针毡的漫长等待。好天气不断眷顾敌方，狂风则不停吹向我们。我们的抗敌行动有时似乎带有某种不顾一切、叛逆亵渎的意味，这个情形特别令我感到揪心。啊！我这么说完全没有故弄玄虚的意思。我的意思是，我们宣称自己是自由的化身，必须致力于捍卫它，可这种自由通常不过是一种胡作非为的权利，称之为"违抗军命"还比较贴切。在我们周遭，我只看到

---

[1] 阿尔弗雷德·道格拉斯（Alfred Douglas），英国诗人、作家、翻译家，与王尔德相恋多年。

混乱、失序、怠忽，最光辉灿烂的美德都被糟蹋——剩下的尽是谎言、权术、荒谬。没有任何东西适得其所，没有任何事物的价值得到发挥，那些最稀有、最值得称道的元素因为遭到滥用，反而变得可疑、有害，乃至具有破坏性。

六月八日

最近几天一直忙着给《田园牧人》做最后的润饰。

今年结束以前，我还想完成这些事：

推出《地粮》新版；大举出版《台风》；迪普埃的书信集；《借口》第三卷；印行三百本《普罗米修斯》。也许还有我翻译的《安东尼与克莉奥佩特拉》。最后，我还希望能把《田园交响曲》写完。

六月十八日

我怀着难以言表的痛苦离开了法国。在我看来，我是在向过去的一切告别……

格兰切斯特，七月三日

我贪心多抽了两口烟，现在烟蒂正在我旁边的烟灰缸里逐渐熄灭；不过，当我的思绪随着蓝灰色的烟雾盘旋而起，袅袅升向白净的天花板时，我的头晕就变成了一种享受。

我真喜欢霍布斯说过的一句话，是奥布里引述的："如果我读的书跟其他人一样多，我就不会比其他人懂得更多。"

屈韦维尔，十月十日

我不知道自己是否能找回持之以恒地写日记的毅力——像我去英国旅行以前那样……

不太容易恢复原来的创作习惯；我从伦敦带回来的书比我自己可能写出来的书更让我感兴趣。

偷懒不想理清思路，倾向于将它维持在诗意的状态——我的意思是：一团混沌。要对抗这种倾向。

偏执地恐惧死亡，害怕脚下的土地会突然

坍陷。我热爱生命，可我对生命没有信心。应
该要有才对。

拾遗

壹

所有伟大的艺术创作都是难以理解的。假
如有读者认为这些作品容易理解，那是因为他
并没有探进作品的核心。

基于相同的道理，学习法语一开始似乎显
得像过家家一样容易；随着学习的深入，它却
变得越来越难。

任何理论如果想要好，先决条件是它不能
让人休息，而应该让人拼命工作。任何理论只
有在你能用它来超越它自己时才是好的。

在以下波德莱尔的诗句中：

那里唯有秩序和美丽

奢华，宁静与淫逸

不够仔细的读者只会看到珠串般的字词，我却看到了对艺术创作的完美定义。先把每一个词单独挑出来看，然后好好欣赏它们串成的华美花环，以及它们咒语般的召唤效果；没有一个词是无用的，每个词都恰到好处。我很乐意写一篇美学论文，让这些词成为一连串章节的标题：

一、秩序（逻辑，各部分的合理排列）；

二、美丽（线条、气势、作品的轮廓）；

三、奢华（有节制的富足）；

四、宁静（骚动之后的平静）；

五、淫逸（感官情趣、物质的可爱魅力、吸引力）。

贰

一本相簿……

怀念埃米尔·维尔哈伦[1]

二月（一九一八年）

一个小小的国家，辽阔平原将边界推向天际，灵魂在那里轻松迸现；那种天色、那常常缭绕的雾气，迫使想要寻找阳光的人们潜入内心——那由激情之风绝对主宰的境域。黑色土壤富含潜藏着的热火、秘密的狂情、高度密集的能量；辛勤的工作使人筋肉紧实，并在身体劳动中寻得最大的美感。然而，一切却又舒适而不松懈，奢华而不自满，淫逸而不萎靡。

而你们啊，人口众多的伟大城市，拥挤繁忙的港埠，特别是你们，富裕而洁净，景色美丽、格局迷人的小镇，昨日还祥和静谧，安居乐业，

---

[1] 纪德好友、比利时诗人维尔哈伦于 1916 年底在鲁昂逝世。

信赖上帝，今日却遭夷平，苦不堪言，被迫为虚幻的债务付出代价，必须面对巨大不公、解决可怕争端。

维尔哈伦，离我们而去的伟大友人，我在你鲜活的眼眸中又见到这一切。如今你更朝气蓬勃地活着，比起陪在我们身边的岁月，你的缺席使你显得更加生机盎然——我听到一份伟大的爱在歌唱；一股强烈的激愤之情，在你那不知死亡为何物的奔放嗓音里。

《田园牧人》。意志力再强大也不为过，在我不寻求任何好处的情况下，它牵引我致力于创作。（《窄门》也是同样的情形。唯有不再有实际用处的东西，才具备成为艺术材料的条件。）

你连续数月冥思苦想；某个想法在你内心有了血肉。它跳动了起来，活了起来；你抚触着它，依偎着它。你熟悉它的轮廓、它的界线、它的缺陷、它的起伏、它的幽微之处；你了解它的谱系和它的后裔（？）[1]。然后我们把这个长期思索的成果展现给公众，立刻就会有某个批评家站出来，武断地宣称我们什么都不懂，而他的依据是"常识"，也就是最普遍的观点，最约定俗成的意见——这却正是我们不断努力，设法挣脱的东西。

假使苏格拉底和柏拉图当年不曾爱上美少年，这对古希腊会是多可惜的事，对整个世界会是何等遗憾！

假使苏格拉底和柏拉图不曾爱上美少年，不曾竭力取悦他们，今天我们每个人都会少去几分明智。

人有宗教信仰时，他们能为不信教的人做的最善良的事就是可怜他们。

"可是我们没什么好可怜的啊！我们并不会

---

[1] 原文如此。——编者注

不快乐。"

"你们连自己不快乐都不知道，这更为不幸。这样的话，我们要停止可怜你们。我们要厌恶你们。"

如果我们可怜兮兮，我们就会被接受；但如果我们不再值得怜悯，我们就会立刻被指责为高傲。不，完全不是这样，我向各位保证。我们只是在做自己；我们只是承认了自己的状态，我们不会因此而自傲，但也不会为此而哀叹。

我不打算用这本书来怜悯谁，我是要用它来冒犯的。

法国和德国

今天，无论就民族还是个人而言，最具毁灭性的错误都是相信我们可以完全不需要对方。

有人曾说，归根结底，这是大的集体与小

的个人之间的争端。法国的一切都趋向于个人化；德国的一切都趋向于支配或服从。

宗教

地狱和天堂都在我们内心。弥尔顿透过以下诗句精彩地表达出这点，这是他让撒旦亲口说的话：

我飞到哪里，哪里就是地狱；我自己就是地狱。（《失乐园》，第四卷）

"有一种智识上不老实的情形格外糟糕，那就是玩文字游戏，把基督教说得仿佛不会强迫理性做任何牺牲，并通过这种伎俩吸引一些信众，那些人并不知道他们把自己承诺给了什么。"（勒南，《回忆录》，第三百页。）

一九一九年

一月二十日

我向来不懂得放弃任何东西；我同时在内心呵护着最好和最坏的部分，因此我可以说是以分裂的方式活在人间。

你们之所以相信灵魂会在死后继续存在，是因为你们需要这种平静，而你们不再期待能在现世享有它。

要不要我告诉你们，是什么让我无法相信永生？是我在努力寻求和立即实现幸福与和谐的过程中，品尝到的近乎完美的满足感。

五月十九日

几乎我的每个朋友都会随着年岁的增长而在观念上发生惊人的改变。他们全都有种倾向：因为我始终如一地忠于自己原本的思想而对我颇有微词。他们自然而然地认为，我没能从过往的生活中吸取教训，而由于他们认为变得老成比较明智，他们会把我的"不明智"视为疯狂。

　　七月二十六日，抵达迪德朗日

　　我没有一天不告诉自己：老兄，无论如何要当心点，说不定明天你醒来时已经变成了疯子或傻瓜，或者根本不会醒来。你的身体是个奇迹，你的精神更是个惊人的奇迹，但试想，只消一个什么样的小意外，就足以毁坏它们的运作机制！现在，当我看到你没扶着栏杆就走下楼梯时，我已经会感到由衷的佩服；你可能会绊倒、摔伤，然后就无法挽救了……死亡的念头如影随形，紧紧跟着我的思绪；喜悦和光明越强烈，阴影就越黑暗。

一九二〇年

　　十月五日

　　六号是我出发前往屈韦维尔的日子。今天上午九点半，罗杰·马丁·杜加尔就到别墅来了。

他把我前一天带给他的《如果种子不死》拿回来给我。他说自己深感失望：他认为我回避了主题；由于害怕、害臊、担心读者的反应，我没敢写出真正私密的东西，除了提出一堆问题，并没有其他成就……

我这次到这里以后，收到了他写给我的一封很棒的长信，他在信里说明了我们先前交谈中触及的所有要点。我一直觉得，我已经把我记得的童年故事都说了出来，而且尽可能避免矫揉造作。若要加上更多阴影、更多秘密、更多迂回，那就未免太矫情了。雅克·拉弗拉 [1] 可能说对了，他告诉我（昨天他从蒙蒂维利耶过来），为了让叙事清晰明了，我经常有点过度简化自己的行为，或者至少是背后的动机——而且我的每本书都有这个现象，如果只挑一本出来看，我的面貌就会被扭曲。他说得很有道理：

---

[1] 雅克·拉弗拉（Jacques Raverat），法国画家，与布卢姆斯伯里团体的成员，如弗吉尼亚·伍尔夫等关系密切。

"若想了解你的真实面貌，就得一次性把你的书都看完。等我们真正认识你以后，我们就会明白你是为了创作的艺术考量而把各种状态描绘得仿佛相继出现，但那些状态在你自己身上可能是同时发生的；这个面向就是你在《回忆录》里的叙事无法让人感受到的部分。"

十月二十八日

昨晚，我把年轻时代写的所有"日记"都拿了出来。重读这些东西时，我不免有些恼火——要不是我可以在阅读时获得一种健康的羞辱感，我实在应该把它们统统撕掉才对。

写作艺术的任何进步都只能通过放弃某种自我陶醉来换取。在那些日子里，我拥有了所有这些东西，面对一张白纸时的心境跟走到一面镜子前的感觉如出一辙。

十一月一日

我在《回忆录》的中间章节里奋力挣扎，

这个部分的位置介于已经印出来的版本[1]和我今年夏天（与保罗·阿尔贝·洛朗斯到阿尔及利亚旅行期间）写的章节之间。我希望能设法满足马丁·杜加尔的要求。最重要的是，我想以一种更神经质、更尖锐、更干练的方式表达自己；不再屈从于对文句韵律的需要。我已经开始讨厌那种摇晃摆荡的律动了。讨厌那些甜腻腻、黏稠无比的诗意涂层……

十一月三日

我无法再忍受那种沙龙式的悖论了，它只会通过踩压别人让自己发光。夏尔·贝矶以前喜欢说："我不评判；我直接谴责。"

---

[1] 纪德于 1920 年至 1921 年间陆续印行《如果种子不死》（即他此时所说的《回忆录》）部分内容，但不公开销售，1924 年初步推出完整版，1926 年最终完整版由《新法兰西评论》正式出版。

一九二一年

一月十二日

当我们精神踏上的道路让那些我们无比珍爱的生灵痛苦至死时，我们一方面深信那确实是我们该走的道路，一方面却在前进时无法克制地颤抖。我们的心始终撕裂着；经历各式各样的犹疑和迂回——格翁在此看到的是精神不果决的象征，但这一切其实只是情感和同理心的问题。我所欠缺的不是恒心，而是冷酷。

一月十四日

我的内心深处跟那些"小国"的情况一样：每个民族都在主张自己的生存权，反抗压迫。唯一可以接受的古典主义是能将一切纳入考虑的古典精神。莫拉斯那种古典主义令人厌恶，因为它忙着压迫、消灭，但没有任何迹象能证明，它所压迫的一切不如压迫者有价值。今天，发言权该交给尚未发言的人了。

我很喜欢夏尔·迪博斯在那篇关于我的文章里写的一句赞美："对他人的情感无比尊重。"

一月十六日

我怀着最浓厚的兴趣阅读了威尔斯[1]一系列讨论布尔什维克主义的文章（刊登于《公民进步报》），我的精神为之一振。当一个人的思考尚未笃定时，能在别人身上发现相同的思考，继而对自我的思考加以厘清、确证，终至清明透切——这便是那种畅快的感觉。

巴黎，五月四日

在别的地方（灰色笔记本上）写了亨利四世中学那个学生的事——昨天我撞见他在偷东西[2]。

---

[1] 赫伯特·乔治·威尔斯（Herbert George Wells），英国著名小说家、社会评论家、历史学家、科普作家，被誉为"科幻小说之父"。

[2] 亨利四世中学是巴黎左岸拉丁区历史悠久的名校，纪德也曾就读于此。纪德先把这个偷窃事件记在《伪币制造者》日志中，后来正式写入该小说。

五月十四日

昨天晚上与普鲁斯特共度了一个小时。

我把《田园牧人》带给他，他答应我不会跟任何人说；我跟他稍微聊了一下我的《回忆录》。"你可以畅所欲言，"他叫道，"条件是永远不可以说'我'。"这可就让我头疼了。

普鲁斯特对自己的同志[1]身份毫不否认或掩饰，他不仅恣意展露，我甚至可以说，他在炫耀这件事。

我在达律斯·米约[2]家听到 X 小姐以非凡的自信姿态，魅力十足、无懈可击地演奏了许多首钢琴作品，夏布里埃、德彪西（主要是练

---

[1] 纪德在此处使用了"uranisme"这个词。该词是德国法学家、记者、性学先驱卡尔·海因里希·乌尔里希斯（Karl Heinrich Ulrichs）于 1862 年所创。

[2] 达律斯·米约（Darius Milhaud），法国作曲家，20 世纪前期法国古典乐坛重要作曲家"六人团"成员之一。

习曲），还有肖邦（最后这部分她的表现逊色了些）。听完之后，我感到无比受挫，连续十二天都不敢打开我的钢琴盖。发生这种事以后，还会有人讶异我为什么不喜欢钢琴家吗？他们带给我的喜悦跟我自己弹琴时所得到的喜悦完全无法相提并论，但当我听他们演奏时，我对自己的技法感到羞愧——当然，这是很不应该的。

星期三

昨晚，我正要上楼就寝时，听到一阵门铃声。来人是普鲁斯特的司机，也是他的管家塞莱斯特的先生。他把我在五月十三日[1]借给普鲁斯特的《田园牧人》送了回来，并提议载我过去，因为普鲁斯特身体好些了，并让司机转告说我可以去找他，只要我不嫌上他那儿麻烦。司机说的句子其实比我现在引述的要冗长复杂得多；我想他是在来的路上把普鲁斯特告诉他的话默

---

[1]　日期与上文有出入，原文如此。——编者注

背下来了，因为一开始我打断了他的句子，结果他又一口气从头到尾复诵了一遍。塞莱斯特也一样，那天她向我转达普鲁斯特对于不能接待我一事的歉意后，帮我开门时又补了一句："先生恳请纪德先生务必要相信他无时无刻不惦记着他。"（我立刻就把这个句子记下来了。）

很长一段时间以来，我都怀疑普鲁斯特是不是在装病，借此保护他的创作工作（我认为这也无可厚非）。但昨天，甚至早在先前那天，我已经可以确定他真的病得很严重。他说自己会连续好几个小时连头都没法动一下；他整天卧病在床，连续许多天就这样躺着。

昨晚我们的话题还是绕着男同性恋转；他说他对先前写书时的掩饰做法感到自责，认为自己当时"不果决"，为了滋养作品中的异性恋成分，不惜把回忆中与同性爱欲有关的所有优美、温柔、迷人的元素都搬进了"少女的花影下",等到要写《所多玛》[1]时,只剩下一些丑恶、低谷的东西。但当我对他说我觉得他似乎有谴责同性恋的意图时,他显得很激动,并坚决地否认了这件事。于是我终于明白,一些我们认为可耻、可笑或令人作呕的事,对他而言并不那么可憎。

当我问他是否有朝一日会用比较年轻美丽的形态去呈现"爱神"的面貌时,他答道,首先,吸引他的几乎从来都不是美貌,而且他认为美貌和欲望没有多大关系。至于青春,这对他来说是最容易(也是最适合)移花接木的元素。

六月三日

最近几天练琴很顺利。每天可以专心练上三小时。重新练习肖邦的《船歌》;我发现这首曲子并不像我想的那么难弹,我也能弹得更快了〈平常我实在太容易被别人的精彩炫技吓着

---

[1] 指《追忆似水年华》第四卷《所多玛和蛾摩拉》。

了）。不过我加快速度弹奏时，这首曲子失去了所有的个性、情感和慵懒。而这些正是这首美妙的乐曲要表达的：在泛滥的喜悦中所展现的慵懒。当我们不再能掌握每个音符的完整意涵时，似乎马上就会显得有太多音符、太多声响了。每一次出色的演奏都必须是一首乐曲的某种阐释。但钢琴家会竭力追求效果，这点跟演员一样；而演员若要达成效果，文本通常会被牺牲。表演者非常清楚，自己理解得越少，就越容易被震慑。可我真正想要的就是"理解"。在艺术中，被震慑住是没有价值的，除非这种感受能立刻激发情感；而更多时候，它只会阻碍情感的产生。

七月十八日

在我看来，我对一切的渴望都不那么强烈了，因为曾经我盼望的，透过与她的完美交融而达成的幸福正在离我而去。

七月二十一日

如果不是因为我坚信着，未来的人们会在我的作品中发现一些我确知自己用心植入，今天的人们却刻意视而不见的东西，我恐怕在很久以前就停止写作了。

民族主义者的种种宣言太常让我想到李尔王女儿们的抗议之词。最深沉的爱不会轻易跃上嘴唇。我欣赏考狄利娅的沉默。

七月二十八日

感觉并非真的减弱了；不是这样，不过，透过某种转移作用，感觉似乎不再与我直接相关。我觉得自己仿佛在很久以前就死去了；仿佛此刻的自己已经与我无关。瞧……最重要的是，我所做的或感受到的一切都不再需要我承担道德责任。没错，就是这样。我已经死了，而我目前所经历的一切不过是一种毫无重要性的"补遗"，不会让我承担任何责任。

X 想要自杀，但有时他不禁自问，自己是否早已自杀。

> 既然现在我终于明白我的命运
> 既然我的所有爱意都变得无谓
> 既然我的人生初衷已全然失败 [1]

自从那天起，我再也不曾完整意识到自己的道德具有连续性。

柯尔帕赫，八月二十八日

比起让一个麻木不仁的人想象某个躯体的外观散发出的神秘吸引力，让盲人想象色彩反而更容易。麻木的人要怎么理解这种惑乱，这种被包裹、被爱抚的需要，这种对我们整个存在的恳求，以及欲望的迷惘与模糊？……

---

[1] 出自勃朗宁诗作《最后的同行》。

十月三日

现在我本应努力与《伪币制造者》周旋才对；但出于胆怯、怠惰、懦弱，我对所有出现在周遭的诱惑微笑，不知该如何面对我的写作主题。

十月四日

天气好得宛如神迹，令人简直认不出周遭的环境。我现在坐在林荫道上的一张长椅上，对面就是瓦伦丁的山毛榉林。太阳快下山了。我想用文字描绘天空中那非凡的光辉，却找不到恰当的形容词。

十月十三日

每年夏天，我都会把拉布吕耶尔[1]的《品格论》拿出来，重读其中的一部分；我并非格外

---

[1] 让·德·拉布吕耶尔（Jean de La Bruyère），17 世纪法国道德哲学家、作家。其最为人所知的著作是《品格论》，并凭借该书当选法兰西学术院院士。

欣赏他，在他那个时代，更令我欣赏、惊艳的作家不下十个。但凑巧的是，眷顾他的那颗星星最牢靠。很多时候——通常是在看第一卷的时候——我们不禁感到疑惑，他提及的东西是否真的值得一说，因为它们看起来是那么简单而合乎常理。我们还是会感谢他，因为他用这么简单的方式说了出来。他既不追求惊世骇俗，也不刻意取悦读者，只是合理地表述他所确信的事（他曾说，一个头脑灵活的人会期望以合情合理的方式写作）。

十月十六日

我离开屈韦维尔时感觉仿佛即将死去。

十一月一日

昨晚抵达罗克布吕讷……离开她的时刻临近了，我更加痛苦地感受到把我跟她牵系在一起的一切，我甚至开始怀疑，这次理智是否真的建议我离开。要我舍弃朴素而选择华美，或者至少是要我不相信前者的绝对优越性，这对我而言是多困难的事！对乐趣所装点的一切感到本能的不信任。

十一月二十九日

马西斯在《寰宇杂志》上发表了洋洋洒洒一大篇评论（或者该说"反对"）我的文章。马西斯用克洛岱尔的一句话来打击我的书："罪恶不作文章。"好像我的书犯下的罪孽是不作文章似的！

我会让我的著作耐心地选择它们的读者。今天的小众将成为明天的舆论。

然而我并不想表现得比实际情况更坚强或更有自信，某些贬抑的评论确实让我痛苦不堪。若是我在重读《作品选粹》时发现一个令我不满意的句子，那对我的打击会更大。

十二月一日

读完了《白痴》第一卷；这次不像先前那样感受到那么强烈的钦佩。书中的人物装腔作势得太过火，而且太容易发生巧合了，如果我可以这么说的话。对我而言，他们失去了许多神秘色彩；我几乎可以说我太了解他们了。也就是说，我太清楚陀思妥耶夫斯基打算以什么方式运用他们了。这部作品里有一些无可比拟的段落，充满了非凡的教益。某些人物的确刻画得栩栩如生；或者应该说（因为所有人物形象都令人钦佩），这些人物说的某些话——尤其是伊沃尔金将军或叶潘钦将军夫人说的话——都恰到好处。但我的整体印象是确定的：我比较喜欢《群魔》和《卡拉马佐夫兄弟》，甚至《少年》我也比较欣赏（更不用说一些短篇小说了）。不过我认为《白痴》特别适合年轻读者，而且在陀思妥耶夫斯基的所有小说中，我会推荐年轻人先读这本。

我又开始练习钢琴了；很惊讶现在能这么

轻松地弹奏贝多芬的奏鸣曲——至少是那些我从前很勤快地练习过的曲目。不过这些作品的情感太丰富，弹完以后会感觉心力交瘁，所以今天最令我满意的是巴赫，可能特别是《赋格的艺术》最让我欢喜，我怎么弹都不觉得累。那几乎已经超出人类的层次了，它唤起的不再是情感或激越，而是崇敬。多么宁静！多么奇妙地收容了超越人类的一切！多么明确地鄙夷肉体！多么祥和！

十二月二日

我看普鲁斯特最近写的章节（《新法兰西评论》十二月号）时，一开始愤慨得想跳起来。由于我知道他的想法，知道他是什么样的人，所以我很难不看出那字里行间充斥着的声东击西的口吻、自我保护的欲望，以及一种手段高超的伪装，足以让任何人觉得谴责他没有益处。尤甚于此，这种违背真相的做法很可能讨所有人欢心——异性恋者看了会开心，因为那种扭曲事实的写法为他们的偏见提供了理由，而且逢迎了他们的厌恶；另外那部分人看了也开心，因为他们会很高兴从中找到了托词，而且他们跟里头描绘的人物极为不同。总之，在一般民众懦弱心态的加持下，我不知道还有什么作品能比普鲁斯特的《所多玛》更有效地让舆论深陷错误的泥沼。

十二月十日

这种停滞不前的状态对我造成毒害。风平浪静会让我感到窒息。我就像鳟鱼一样，喜欢逆流而上。

十二月十五日

"纪德先生连代表某个文学流派都称不上，甚至无法代表他主持的那本杂志。他的作品是二十世纪最逍遥法外的智识及道德丑闻。"这是我在阿尔居斯公司今早寄给我的《法兰西评论》上看到的。文章作者是记者勒内·若阿内。

这是二○八号剪报的内容（我六周前就结清了账单）。除了一堆广告以外，我收到的尽是些抨击我的文字。

十二月二十六日

长期失眠。我从来不曾感觉思维如此活跃。昨天夜里，要是我身边有个秘书，我绝对可以口述出四分之一本书的内容。我的思考一下就有了具体成果，比过去容易而清晰得多。我相信，假如让我出现在能让我感觉到足够善意的听众面前，我一定可以"滔滔不绝"地即兴演讲。

舞台的艺术是一种具有连续性的展演。相反地，朗诵的艺术必须让听者的想象力享有自由，就算不是完全的自由，至少也要能相信它是自由的。

我听了夏尔·迪兰朗诵陀思妥耶夫斯基《死屋手记》的精选段落；我们可以看到丈夫的凶

狠，可以听到妻子被打时发出的呻吟声……但他忘了，也让听众忘了，讲述这个故事的是个大粗人，完全意识不到他讲述的场景包含的悲怆性质，而这个场面的悲剧性其实正源自这点：他根本不知道自己讲述的是一场悲剧。他应该跟他的讲述构成矛盾的对比；他才是我们绝对不可以忽视的角色。

在保守派眼里，任何为了建立新事态而做的努力首先就是一种混乱无序。还有什么比福音更具革命性呢？

有人说我在追逐青春。这是真的，而且不仅仅是我自己的青春。青春比美丽更吸引我：那是一种无法抗拒的吸引力。我相信真理存在于青春之中，我相信青春总是比我们有道理。我相信，并不是我们要去教化青春，而是我们这些前辈应该从青春身上寻求教导。我当然很清楚年轻人可能犯错；我知道我们的职责是尽可能防止这种事发生。但我相信，当我们想要维护青春时，我们却总是在阻碍它。我相信，每一代新人的到来都是为了传递信息，必须像分娩一样把这个讯息"生"给我们；我们的角色则是协助分娩顺利完成。我相信我们称为"经验"的东西往往不过是不愿承认的疲惫，一种挫败感，一种听天由命的心态。诗人阿尔弗雷德·德·维尼说过一句经常被引述的话："一个美好的人生，就是青春的思想在成熟时得到实现。"我可能是在过度解读，但我认为这句话太真切了，真实得令人心痛。甚至有可能德·维尼自己都无法看出我赋予它的全部意涵，但这不要紧，我已经让这个句子成为我自己的了。

与我同时代的人中，很少有人能维持对青春的忠实。几乎所有人都妥协了。这就是他们口中的"让人生教导自己"。他们身上原本存在着真理，但他们把它否决了。我们紧紧抓着的都是些从别处借来的真理，而且因为它们与我们的内心世界格格不入，所以我们抓得更紧了。

比起加入或声援某个已经形成的派系，传递自己的讯息需要更加审慎和大胆，更如履薄冰。这就是为什么有人会指责我犹豫不决、举棋不定；正是因为我一直坚信，忠于自己才是最重要的。

拾遗

我认为一本书的结构是最重要的，而且我相信，正是由于结构不佳，当今大多数艺术作品都存在不足。

艺术家通过结构为作品赋予深度。倘若没有结构，艺术作品就只能呈现出肤浅的美。
这既是充分条件，也是必要条件。在艺术作品里……任何没有用处的元素都有害。

对我来说，我随时随地都感觉到自己的各种优点在彼此伤害。它们很复杂，很麻烦。

我假装一切尽在掌握。某种焦虑伴随着这样的欲求。

我怎么可能轻松表达？我有新的东西要说。

畏惧这种文句的摆荡（我太容易落入这种沾沾自喜了），这种致命的节律规则——它与真正的韵律以及思想活动的自然表达完全无关。

一旦爱情掺杂了欲望的成分，就无法冀望它能持久。

继续阅读福楼拜的书信，不禁钦佩这个人紧紧攫住事物的力道。

我把一切在明天会变得比今天无趣的东西称为"新闻"。有多少伟大的艺术家是在上诉时才获得胜利！

遣悲怀

一九二二年

一月一日

昨天，罗杰·马丁·杜加尔过来把《蒂博一家》那部小说里我还没看过的部分读给我听。在我眼中，马丁·杜加尔象征着一种极其恢宏、极其崇高的抱负：伴随着这种抱负的是一种锲而不舍的努力，不断设法使自己臻于完美，尽可能要求自己做到最好、付出最多。与最优秀的天赋相比，我可能更钦佩这种顽强的耐心。

一月五日

在我的创造力发挥得特别好的日子里，我通常一开始会先阅读某个古代作家的作品，也就是所谓的"经典"。一页就够了；只要我能在合宜的精神状态下阅读，半页就够了。与其说想从中寻找教益，不如说是寻找语气，以及一种投身于遥远时空的迷失感，它可以为眼前的创作赋予形貌比例，同时又不会剥夺当下这一刻的迫切性。我也喜欢用这样的方式结束一天的二作。

一月十六日

夏尔·迪博斯寄给我《天堂与地狱的婚姻》[1]，是我告诉他我想看的，因为我相信里面有些东西可以启发、确证某些长期在我内心翻搅的想法。对我而言，与威廉·布莱克的邂逅具有重要意义。在大战的第一年，我已经隐约窥见过他，当时是透过《作品选粹》，我在伊丽莎白·范里塞尔贝格位于洛吉耶街住处的书柜里找到了这本书，那时我就寄宿在泰奥家。仿佛一名天文学家推测出一颗遥远星辰的存在，却尚未直接观测到它的光芒——当时我对布莱克有类似的预感，却还完全没想到他会跟尼采、

---

[1] 英国诗人、版画家威廉·布莱克（William Blake）的代表作，包含以圣经预言形式写成的散文。——编者注

勃朗宁、陀思妥耶夫斯基共同组成灿烂的星座。他甚至可能是其中最耀眼的一颗星星；毫无疑问，他是最诡奇、最偏远的一颗。

二月四日

每天从早到晚，我都在问自己这个问题——或者应该说，这个问题自己找上我：我会不会觉得死亡难以接受？

我不认为对那些最热爱生命的人而言，死亡会是特别困难的事。正好与此相反。

弗洛伊德。弗洛伊德主义……十年来，十五年来，我在不知不觉的情况下实践了它。我的许多想法，如果是一个个单独挑拣出来，长篇大论地写成一本厚厚的书，想必会一炮而红；假如那是我的大脑唯一孕育出来的小孩……我无力负担所有想法的建立和维护工作，但要我特别去照顾其中一个也不可能。

那天里维埃谈到弗洛伊德那本性理论的小

406

书 [1] 时，他告诉我："我看这玩意儿要给你添加不少柴火了。"可不是！

我得赶紧让《田园牧人》出版了。

二月十日

认识自己——这是艺术创作者最不该追求的。他只可能通过作品，通过不断产出，勉强实现这一点。

认识自己的最佳途径是尝试了解他人。

三月一日

每当我一段时间不写作，一种不再知道该怎么写作的恐惧感就会攫住我。历史上曾经出现过像我这么没自信的作家吗？然而，能让我满意的都是那些仿佛来自外部的文句，不是我

---

[1] 即《性学三论》。该书初版于 1905 年问世，法语版迟至 1923 年才由伽利玛出版社出版。

主动寻得的，或者至少是自发性地从我内心深处涌出的东西。可这种文采的飞溅不是连续的，而且正因为它的自发性，我认为它有可能枯竭。

三月二十二日

一直头晕，疲倦。冬天又回来了，我们冷得打哆嗦。周遭的一切都带着灰烬般的可怕气息。

我不太明白他们所谓的"我的影响力"是什么。他们是在哪里看到影响力的？我没在任何地方看到自己的身影。跟我差异越大的事物我越喜欢，而我向来只会设法把别人推向他们的道路、他们的快乐。

所谓良师会一直惦念着这件事：教人如何不再需要仰仗他。可因为我在书的结尾对拿塔纳埃勒说"现在，扔掉我的书吧；离开我！"[1]，

---

[1] 这本书就是《地粮》，拿塔纳埃勒是书中叙事者的教导对象。

大家居然感到气愤。

对我来说，悲伤几乎从来不过是疲倦的一种形式。但我不得不承认，在过去的几天里，我曾有过悲伤到想死的感觉。

三月二十八日

重读完《奥赛罗》，因为心生敬佩而心神恍惚。

五月八日

我们只能真正战胜我们领会的事物。

耶尔，七月十一日，星期一

这一阵子《哈姆雷特》的翻译工作占据了我的身心，搞得我成天在文字上钻牛角尖。如果心神因此不断被往回拉扯，它如何能海阔天空？光是翻译就够了；我还需要拘泥于在这个本子里怎么写才够好吗？这反倒是我最需要对抗的东西。某种对文句和谐匀称的讲究，某种对节律协调的耽溺，这些反而扭曲了我的风格。我想设法少一点润饰，多一些断裂和顿挫。

昨天晚餐后，月亮升了起来，就在旅馆正对面的位置（旅馆位于海边），它如此硕大，如此圆满，如此金黄，令人不禁怀疑，那是月亮吗？真是它吗？但除了月亮，那还会是什么呢？太阳才刚落下不久；天地间的色彩尚未完全变得暗淡。大海平滑一片，天空的金铜色倒影与蔚蓝的海面交织成一种无法形容的绿，似乎是化学物质的绿，又好像是植物的绿。月亮仿佛也参与了晚霞镶金染红的盛事；在还相当明亮的天色中，它并未释放太多光芒。它像是个染上了颜色但不会发光的大型物体，只是将些许淡淡的金箔撒在翠玉般的海面上，仿佛一条地毯覆盖住窄小的通道，供救世者在波浪上行走。要到更晚的时候，月亮才会真正占有大海，在海面上拖曳长袍般的闪烁倒影，那光芒不再是金色的，而是银色，因为月亮在逐渐变亮的同时，也失去了它的色彩，仿佛它之所以明亮，必须归功于它的过度苍白……写够了！

七月十二日

目前我想写的是《新粮》。若要把它写好，我得逆着自己才行。它必须尽可能地不是审慎琢磨的结果。

七月十四日

今天早上，我完成了《哈姆雷特》第一幕的翻译，然后放弃了继续推进。这几页文字花了我三个星期的时间，我每天在它身上投注四到六个小时。我对结果并不满意。难点一直没有攻克；我体会到，要想写出优美的法语，就必须把莎士比亚抛在脑后。（我觉得这似乎是《哈姆雷特》的特点，《安东尼与克莉奥佩特拉》这个文本的棘手程度要低很多，可以比较顺畅地紧跟原本的文字。另外，尽管《哈姆雷特》的主题更奇特、丰富、细腻，而且比较能感动今日的我们，可我一刻也没有体验到《奥赛罗》中震撼我的那种狂喜。）确切地说，施沃布[1] 的译本晦涩难懂，有些地方几乎无法理解，结构诡异，韵律不对，读起来仿佛无法呼吸。难道萨拉·伯恩哈特[2] 念的就是这样的台词吗？没有更改也没有删节？这样的文本想必让戏剧演员困扰不已！莎士比亚的某些文句宛如地狱般诡谲，充满冗词赘句……我希望能有个英国人来向我解释它们美在哪里。施沃布翻译时竭力不牺牲任何元素，任何反复、回转都不放过；面对这样的译本，我们不禁会想：原文应该是很美的。但《哈姆雷特》早已拥有神圣地位，所有人都毫不质疑地对它表示钦佩。

---

[1] 马塞尔·施沃布（Marcel Schwob），法国象征主义作家、诗人、翻译家、博学家，对博尔赫斯、波拉尼奥等作家产生了深远的影响。

[2] 萨拉·伯恩哈特（Sarah Bernhardt），法国舞台剧女演员，闻名于欧洲和美洲，雨果盛赞她拥有"金色嗓音"。她曾担纲多部法国经典剧目，也曾扮演男性角色，如莎士比亚笔下的哈姆雷特。

七月十五日

在我的整个"职业生涯"中，我几乎一直惨遭滑铁卢；甚至可以说，我作品败北的凄惨程度跟它的重要性和独创性成绝对正比，也因此，《帕吕德》《地粮》《梵蒂冈地窖》受到的对待最惨不忍睹。在我的所有著作中，受到最丰美、最热烈、最细腻赞赏的，反而是距离我创作主体最远（但不见得真的写得不好）、我最不感兴趣（在此我用的是这个词语最幽微的含义），而且在衡量所有因素之后，我应该最愿意看到它消失的作品。经历过这一切以后，我还会因为《萨乌尔》受到评论界如此冷酷的批判而讶异吗？他们只看得到夸张渲染的文笔，就像他们在《地粮》中只看得到文字的堆砌。你们这些人啊，难道只有在啜泣声跟你们自己发出的声音一模一样时，才可能辨识出它来吗？

拉巴斯蒂德，七月二十二日，星期六

在我看来，我写的每一本书似乎都并不真

的是某种新的心境的产物，而是它的成因，是最初撩拨出新的灵魂和思想境界的因素，而只有我进入了那种境界，我的书写计划才能具体化为文字。我想用更简单的方式表达这一点：一本书一旦被构思出来，就完全抛弃了我；我的一切，一直到我最深层的内在，都成了为它演奏的乐器。我只剩下一种人格，那就是适合书写这部作品的我——客观的？主观的？这些词在此完全失去意义；因为如果我有时候会描绘自己（有时我觉得似乎不可能存在任何确切的描绘方式），那是因为我从一开始就变成了自己打算临摹的那个人。

七月二十七日

促使我写作的原因有很多，其中一些最重要的原因似乎也是最隐秘的。或许特别是这个：把某个东西收藏在免于被死亡侵袭的地方。而这便是为什么我在书写中会设法寻求那些最不受时间掌控的材质，透过这些特质，让作品避开所有暂时性的迷恋。

卡里勒鲁埃，八月四日

尼采对我的影响？……我写《背德者》的时候发现了尼采。有谁能知道这对我造成了多大的困扰？因为有太多东西我不愿重新说一次，结果我那本书变得贫乏了。

八月五日

尽管那份工作（翻译《哈姆雷特》）曾经令人气馁不已，现在我却怀念起它来了。我那无所事事的心神向忧郁滑去，无论我怎么努力在斜坡上挽留它也没用……

我一直憎恶（或者说害怕）自由，虽然上天慷慨赐予我全人类所能盼望的最大的自由，我却一直设法限制它、妨碍它、减少它。我最乐于做的事是由同情与共鸣所主导的；独自一人时，一旦工作不再独占我，我就会投入悲伤的怀抱。

布鲁塞尔，九月五日

重读了梅里美的《蓝色房间》和《卢克蕾齐娅女士的义务》；我觉得有意思，却没感到佩服。所有风格和表现手法的问题都以最优雅的方式解决，可他决定纳入叙事及文句的元素总是具有相同的性质，而且太容易共存了。神秘感很快就被耗尽，最初的惊奇不会在读者内心唤起任何隐秘的回响。

然而，当我向伊丽莎白高声朗读丹尼尔·笛福的《杰克上校》时，我们是多么赞叹！它就像生命本身一样美丽；呈现和覆盖它的艺术手法再谨慎不过，也再透明不过。

柯尔帕赫，九月十日

令人厌恶的日子，无所事事，疲软无力……每天早晨醒来时，大脑都比前一天更沉重、更麻木。被迫在其他人面前演出快活、欢乐的喜

剧——而在我的内心，所有真正的喜悦都在逐
渐冷却。

十月二十五日
我不是在为下一代写作，而是在为再下一
个世代写作。

十月二十七日
我几乎没有一天不质疑一切。

十月二十八日
笔直的道路只通向目标。

十一月二十六日，返回屈韦维尔
创作任何新作品时，绝不可滥用前一部作
品的势头。

同理，每部新作品都要征服新的读者。

十二月二十一日

每当我重新投身于基督教时，我追寻的仍旧还是她。或许她能感觉到这点；但她最能感觉到的是，我这么做是为了把她拉出来。

一九二三年

一月十日

"太书生气"——这是许多人对我的批评，我透过一个习惯让这种格调显现出来，也就是说，当我发现我的想法跟某些人相近时，我就总喜欢引述他们。有人因而认为我是攫取了那些人的某个想法；事实并非如此。那想法是自己找上我的；我很高兴知道它已经驻居在其他人的心中，而且那想法越是大胆，我就越感到开心。当我后来读到那些人的作品时，我在其中认出了自己的思想——我读布莱克的时候就是这个情形。我会到处高呼他们的名字，大举揭露我的发现。有人说我这样不好。我不在乎。

我太喜欢引经据典了，而且我像蒙田一样深深相信一件事：只有在蠢人眼中，我才会因此显得不那么有个性。

反之，那些摘取别人想法的人则会竭力掩藏它们的"来源"。在我周遭不乏这样的例子。

一月十四日，星期日

出发前往罗克布吕讷、热那亚，前往未知。每次要离开屈韦维尔，内心总是如刀割一般。

巴黎，一月十六日

铜锈是对杰作的奖赏。

五月二日

我们家蜂窝里的蜜蜂展开大规模运动，准备要分蜂了。今天早上，陆续有七只蜜蜂在我房间两扇窗中关着的那扇上把自己搞得筋疲力尽；其实另一扇窗户是大开的。只要蜜蜂愿意稍微绕个路，就可以重获自由；但它们一股脑地撞击同一块玻璃，仿佛只要稍微离开那束光线，就迷路了。而由于那一侧并没有出路，它们很快就耗尽力气，掉落在地面。鱼儿游进罗网也是这么一回事。法国人在鲁尔区僵持也是这么一回事。

我读了一些多恩[1]的诗，感觉困难减少了，乐趣则增加了。

屈韦维尔

在巴黎短暂停留。同时修订《陀思妥耶夫斯基》《田园牧人》和《如果种子不死》的校样。压力太大，非常疲倦。

马丁·杜加尔来这里待了四天，并向我诵读了《蒂博一家》第三卷。没有什么比听他诵读作品然后跟他讨论，更能激发我的创作能量了。

---

[1] 约翰·多恩（John Donne），英国诗人、玄学派诗人重要代表，作品风格强烈，充满感官色彩。

五月十七日

今早独自散步，爬到岩石上方的裂缝处（背对小湖时的右侧），那里有一道非常美的瀑布。

泛着湛蓝和银色光彩的清泉宛如一条又长又宽的缎带，垂了下来，消失在黑暗的无底洞中。

是水吗？不尽然，是飞沫，或者至少那水已经被拨成无比轻盈的水帘，只会慢慢下坠。我走的小径相当险峻，往下可以俯瞰深渊，它的上方则是巨大的岩石，两侧岩石向中间收拢，仿佛形成了一个穹顶，但穹顶是裂开的，就像阿格里帕所建的罗马万神殿，让人可以看到天空。

这事很怪：我一点也不喜欢登山，然而，随你怎么解释都行，任何往上攀的小路都会把我吸引过去，我往上爬就像水往下流一样自然。

昨天在车厢里听到这句迷人的话："现在火柴涨到这个价钱，假如让它烧不起来，那好处就大了。"

五月二十九日

客观性的胜利，就是让小说家能够借用其他人的"我"。我因为在这方面太成功了，结果造成误导；有些人把我的不同作品当成一连串坦白。这种忘我，这种诗意的去除人格，使我对他人的喜怒哀乐比对自己的喜怒哀乐感受得更为真切，而世上没有任何人能把这点说得比济慈在《书信集》里分析的更透彻。

六月十七日

能让我佩服的"优质书写"是那种不求出风头但能扣人心弦的风格，它能抓住读者，让他停下脚步，迫使他的思维缓慢前进。我希望他注意力的每一步都能踩在养分丰富、悉心松过土的大地上。可通常读者追寻的却是一种能带着他快速前进的传送带。

我希望这部小说成为什么？一个十字路口——多重问题的汇聚点。

……在这个世界上，再也找不到任何纯粹的事物——就连纯粹的愚蠢都找不到。

一些不断把文句拉向外部世界的隐喻。

六月十八日

这些人（比方说我）很危险，因为他们的字典中没有所谓主人翁意识，因此也就不会有责任感。一开始我完全没想到这些，可是……

由于他到哪里都要她陪着他，他再也不敢去任何地方。

圣马丹韦叙比，六月二十九日

英文诗歌比法文诗歌更丰富、更丰沛；但在我看来，法文诗歌有时达到的境界更高。我不喜欢英国诗人对自己的放任，以及那种缺乏严谨的态度；在我看来，他们的琴弦几乎总是绷得不够紧。

六月三十日

一旦我们不照着他们的方向前进，他们就好像觉得我们完全不再前进。

七月一日

对某些天主教徒而言，最令他们恼火的事不外乎看到我们自然而然就能达到的舍离境界，这是他们透过一整套宗教信仰也难入其门的。他们几乎可说是在责备你作弊；德行必须是他们的专利，任何不借助诵念《天主经》而自行成就的事都不能算数。同理，他们不会原谅我们的幸福：这种幸福是大逆不道的。唯有他们才有幸福的权利。而且，他们鲜少动用这种权利。

圣马丹韦叙比，七月三日

第一个投入工作的晚上（《爱德华日记》后

续部分[1]）；可说是呕心沥血才完成。但随后，又是一个令人厌恶的夜晚；呼吸不上来，身体因为紧张的颤抖而不断躁动。只有在我继续休息以后，我的创作才可能获得真正的进展。不知为何，一整天都浑浑噩噩，以至于睡觉变得比阅读、创作、生活更有吸引力。我陷进无精打采、麻木不仁、虚无缥缈的深渊。

今天早上，尽管天气炎热，我还是往山上走去，先是穿过草地和灌木丛，然后爬过一块块岩石，最后沿着一条山涧的河床溯流而上，直抵一道瀑布。我脱光了衣服就朝那底下冲去。冰冷的水从高处落下，像冰雹一样打在我身上。

---

[1] 《爱德华日记》即《伪币制造者》，爱德华是其核心人物之一。这部作品于 1925 年首度问世，刊登于《新法兰西评论》。此时纪德已经著作等身，可他在给罗杰·马丁·杜加尔的题献词中强调这是他的"第一部小说"，包括《梵蒂冈地窖》在内的其他作品只能称作"叙事"或"丑角寓言剧"。透过自由的书写方式以及多重叙述视角，纪德脱离了线性叙事的文学传统，《伪币制造者》因而被视为 20 世纪最重要的小说之一，为"新小说"等文学运动开启先河。

目前我的快乐是多是少，几乎完全取决于我身体的运作完美与否。现在这种麻木状态有时令我难以忍受。不过我相信，没有什么比这些低潮、这些自我价值降低的时刻更能让我跟聪明才智较低的人产生共鸣了。瓦莱里少了某种特质，那就是在某些早晨几乎如同白痴般地醒来。

七月五日

绝大多数人——我指的是文化水平高的人——只懂得看已经被描绘出来的东西。一般人主要是通过阅读伏尔泰来了解卢梭的重要性。我们或许不需要伏尔泰，就可以感受到他所表达的事物，不过他的表述方式确实充满极大的优雅与细腻。伏尔泰写给卢梭的那封著名的信函至今依然是个令人惊奇的典范，在最公道的批评中洋溢着亲昵的顽皮、亲切的善意和彬彬有礼的客气。他说得不无道理，可卢梭身上还有别的东西，而且是比理性更重要的东西——

那是伏尔泰没有捕捉到的。

七月十八日

昨天早上六点半就出门了；再度沿着博雷翁山谷往上，经过拉德尔鞍部，然后改由圣母山谷下山。三点半回到住处。

半路上，我脱下凉鞋，感受赤脚走过一片雪地的乐趣；本来还以为自己无法忍着刺骨的寒冷走到尽头。在瀑布底下冲凉。在圣母山上用午餐。很高兴自己依然生龙活虎。

第三次从头到尾读完莎士比亚的十四行诗选集。而且每一首十四行诗我都连续读了两遍。其中许多让我读得很苦恼；也有许多是我在重读的时候才品味到甘美。毫无疑问，我很佩服这些诗作，不过我也相当佩服自己——能一路撑到佩服它们的地步。（其中有不少想必我已经重读过十二次了。）

七月二十一日

在尼斯，一上午都在跟一个不可思议的四岁小孩玩，他有着色泽类似牛肝菌的褐色头发，非常爱笑且毫不害臊；我还和他十八岁的姐姐聊天，她有相同的褐发，同样爱笑，而且我可以感觉到她在飘逸的黑袍底下没穿别的衣服。她让我带小男孩去老佛爷百货逛逛，我买了一把带飞镖的手枪给他。因为他们的缘故，我实在很想留在尼斯，一再拖延，差点就没赶上火车。

读完了《暴风雨》。

七月二十五日

不只是我的欲望，我的身心都在沉睡。

曾经，我们被过剩的欲望折磨，于是傻乎乎地渴望达到一种平静的状态；然而，当美丽不再能在我们内心激起任何靠近、接触、拥抱它的需求时，那种平静的状态成了冷漠。如果它还有什么值得我们赞赏的成分，或许只是因

为它通过驯服我们，让死亡的念头不再那么折
磨人。

七月二十六日

巴雷斯在《文学新闻》上发表了一篇奇怪
的文章：《向青年作家致敬》。里头有这么一句：
"热爱黄金吧，热爱蔚蓝及火焰。"

我很讨厌这种写作方式和思考方式。它让
司汤达和福楼拜都感到恼火。里面有股男高音
和宫女的气息。这种书写既没有肌肉，也缺乏
神经；它浮动飘忽、模糊不清，仿佛一面随风
飘扬的旗帜。

八月二十三日

欣喜若狂。为了歌颂这个灿烂早晨的蔚蓝
天空，我真想重新创造这个词语的定义。河边
停了一辆卖篮篓的流动商贩用的乘拖车。那里
有八个小孩。其中四个来到我身边坐下或躺下。
玲珑精致的十四岁少女。

八月二十三日到九月二日待在蓬蒂尼。最后一天，马克会来找我。当晚我们准备动身前往拉巴斯蒂德，然后四号从马赛乘船前往突尼斯。

午夜，巴黎，十月十日

在某些日子的某些时刻，我会完全失去关于现实的概念。我感觉自己似乎只要稍微踏错一步，就会掉进裂缝。

他们想要的是某种标准，让他们得以不借助品味做出评判。

十一月五日，屈韦维尔

马西斯在《寰宇杂志》上大举进攻——春季的攻势只是前奏。让我害怕的不是那些攻击我的人，而是那些捍卫我的人。

十二月四日

分析必得先于综合；但从分析到艺术作品，存在着相当于从解剖图到雕像之间的差距。所有准备工作都必须被吸收；它必须变得无形，却又始终存在。

同理，一如孟德斯鸠所言："若不跳过中间阶段的想法，就无法把东西写好。"倘若没有捷径，就不会有艺术作品。

十二月二十一日

雅克·马利坦[1] 按照约定，在十二月十四号上午十点整来到别墅。我事先准备了几句要说的话，结果没有一句派上用场，因为我立刻就意识到，在他面前要做的不是扮演某个角色，而应该"自首"，这么做便是最好的防御。他弯腰驼背，甚至可说整个人都是一副卑躬屈膝

---

[1]　雅克·马利坦（Jacques Maritain），法国天主教哲学家。新教家庭出身，但长期奉行不可知论，后于 1906 年皈依天主教，曾担任教宗保罗六世的导师、法国驻梵蒂冈大使。

的模样，还有他动作和声音中那种不知怎么养成的神职人员式的油腔滑调，这些都令我感到不快；我设法保持超然，但这种佯装又让我觉得与我们两人的身份不相配。他立刻切入正题，开门见山地宣告自己此行的目的（我原本就已知道他为何而来），也就是请求我暂缓出版弗朗索瓦·勒格里[1]告诉他马上就会问世的某本书[2]，而他恳请我跟他一起承认该书的危险性。

我对他说，我完全不打算替自己辩护。可他应该不至于想不到，任何他可能想要告诉我的关于这本书的事，我早就对自己讲过了，而一个书写计划如果能经受住战争和丧亲之痛的考验，熬过所有随之而来的思考，那么它必定在作者心中根深蒂固，绝不是像他这样的干预就能轻易动摇的。我郑重声明，我并非顽冥不化地执意要写这本书，甚至在十年前我写好前

---

[1] 弗朗索瓦·勒格里（François Le Grix），法国作家，《每周评论》杂志社社长。

[2] 指《田园牧人》。

两章以后，第一次是念给马塞尔·德鲁安听，结果在他的建议下，我中断了创作。我差不多等于是放弃了，尽管这样的放弃让我深感沮丧。我在大战的第二年年末决定重新执笔，而且把它正式完成，是因为我清楚地认识到，这本书非写不可，而我是唯一有资格书写的人；我认为这是我的责任，我不可能抛弃这份责任，让自己承受失败。

我告诉他："我厌恶谎言，这可能是新教信仰潜藏于我内心的部分。天主教徒无法理解这一点。我认识很多天主教徒，甚至除了让·施伦贝格尔以外，我的所有朋友都是天主教徒。天主教徒不喜欢真理。"

他对我说："天主教教导的是对真理的爱。"

"不，不必抗议，马利坦。我太常看到真理可以用什么方式加以修正了，我见过太多这种例子。而且即便如此（我有个心理上的缺陷，格翁责备过我，就是太容易把发言权让给对手，甚至还亲自为对手撰写辩词），我也看得出您会怎么回答我：新教徒经常把真理与上帝混为一谈，他们崇敬真理，却不明白真理只是上帝的属性之一……"

"可您不认为您的书宣称的那种真理可能是危险的吗？"

"假使我这么想，我就不可能把它写出来，或者至少不会让它出版问世。即使这个真理可能有其危险性，但我认为用来掩盖它的谎言才更加危险。"

"您不觉得讲出这种真理是危险的吗？"

"这是一个我拒绝向自己提出的问题。"

我一回到屈韦维尔，趁着记忆还绿意盎然，就忙不迭地把这些写下来了。

安德烈 · 纪德

André Gide

主要创作年表

一八六九年

十一月二十二日出生于巴黎的一个新教家庭。父亲保罗·纪德是巴黎大学法学教授，母亲朱丽叶·龙多是诺曼底半岛鲁昂城附近富商的女儿。叔叔夏尔·纪德是政治经济学者。十一岁时父亲逝世。因疾病和精神紧张中断学业。

一八八四年
十五岁

再次入学，数月后三度休学。在家中学习阅读与音乐，醉心文学、《圣经》、古希腊神话。母亲挚友，一向疼爱纪德的安娜·沙克尔顿逝世，日后纪德以此为主题写成《窄门》。

一八八八年
十九岁

进入亨利四世中学修习哲学。读了一学期就中断学业打算写作，并决心要与恋慕已久的表姐玛德莱娜成婚。

一八九一年
二十二岁

出版费时数年写成的《安德烈·瓦尔特笔记》，这是一部散文日记体小说，主人公瓦尔特是纪德的翻版，小说描写了他对表姐艾玛纽埃尔的精神之爱。作品出版后，纪德向表姐玛德莱娜求婚，但遭到了拒绝。纪德与挚友皮埃尔·路易开始出入诗人埃雷迪亚和马拉美家中的文士聚会，深受象征主义美学的影响。

一八九三年
二十四岁

在画家保罗·阿尔贝·洛朗斯的陪同下前往突尼斯、阿尔及利亚等地疗养，初尝性爱，翌年七月返巴黎。出版在北非创作的幻想小说《乌连之旅》。

一八九五年
二十六岁

与欧仁·鲁阿尔和弗朗西斯·雅姆前往北非旅行，偶遇王尔德和阿尔弗雷德·道格拉斯，受到王尔德的影响，转向对自由和享乐的追求。离开阿尔及利亚前，与皮埃尔·路易重逢，两人决裂。五月，返回巴黎后，母亲朱丽叶逝世。十月，纪德与表姐玛德莱娜举行婚礼。出版《帕吕德》，以轻快的笔调讽刺了巴黎的文人生活，被誉为法国最早的现代叙事作品之一。

一八九七年
二十八岁

结识亨利·格翁，此后一直与其保持密切关系。游历北非、意大利等地，决心摆脱家庭和宗教的精神束缚、歌颂欲望。出版散文诗《地粮》。

一九〇二年
三十三岁

出版《背德者》，带有明显的自传成分，歌咏极端的解放和自由。

一九〇八年
三十九岁

在夏尔－路易·菲利普的领导下，与让·施伦贝格尔、马塞尔·德鲁安、雅克·科波、亨利·格翁等人共同创办《新法兰西评论》，翌年正式发行，成为法国最重要的文学刊物。

一九〇九年
四十岁

出版《窄门》，宣扬自我约束和对天主教义的忠诚。

一九一〇年
四十一岁

《新法兰西评论》成立出版部，以纪德为主导的编委会聘请加斯东·伽利玛担任主管发行人，后发展成为闻名世界的伽利玛出版社。出版《王尔德回忆录》。

一九一四年
四十五岁

与"法比之家"及其他民间慈善组织合作，援助、救护法国北部和比利时的难民。出版讽刺喜剧《梵蒂冈地窖》，塑造了知名的"无动机行为"英雄拉夫卡迪奥，即善恶不分、绝对自由的典型。该部作品的节选在《新法兰西评论》上发表之后，朋友克洛岱尔和弗朗西斯·雅姆都寄来了训诫信，而纪德在向克洛岱尔强调了对妻子的爱之后，向朋友坦白了他对同性的欲望。后来，纪德公开承认他奉行与克洛岱尔宣扬的"摩西十诫"水火不容的享乐主义哲学。莫里亚克对此事进行评论："从来没有什么人像纪德那样沉着、镇定、理智地向基督教教义宣战，尽管他非常谨慎，也有过短暂的悔过。"

一九一九年
五十岁

出版《田园交响曲》，探讨了宗教与情感之间的冲突。六月，战争期间停刊的《新法兰西评论》复刊，克洛岱尔坚决抗议由纪德负责杂志的领导工作，社长的位置便落入从德国战俘营归来的雅克·里维埃手中。

一九二〇年
五十一岁

《新法兰西评论》进入全盛时期，法国文学界最有名望的作家几乎都在此发表过作品，包括普鲁斯特、莫里亚克、保罗·瓦莱里、安德烈·苏亚雷斯、蒂博代、阿兰、让·科克托、加布里埃尔·马塞尔、路易·阿拉贡等。同年，匿名出版《如果种子不死》第一册。

一九二一年
五十二岁

匿名出版《如果种子不死》第二册。

一九二三年
五十四岁

出版《陀思妥耶夫斯基》，纪德深受这位俄国文豪作品和思想的影响："陀思妥耶夫斯基在书中的每个人物身上都迷失了自己，正因如此，他才能最终在这些人物身上重新找到自己。"
同年，与好友、比利时新印象派重要画家泰奥·范里塞尔贝格之女伊丽莎白生下一个女孩，取名为卡特琳·纪德。纪德在一九三八年妻子逝世以后，才承认了女儿的身世。

一九二四年
五十五岁

出版《田园牧人》，以对话形式探讨同性恋议题，书中为同性恋的辩护倾向很明显，引发轩然大波。这部作品的第一版曾于一九一一年问世，因马塞尔·德鲁安的劝告而中断创作。（一九二三年，天主教哲学家雅克·马利坦登门造访纪德，试图说服他不要出版这部作品，可纪德还是下决心说出真相。）这本书最终问世时，纪德写道："谁能说清，究竟有多少人因为这本书的出版而顿对得到解放了呢？"

与此同时，纪德的自传体作品《如果种子不死》首次公开集结发表，书中再次坦荡地剖露自我，呈现了他内心欲望与所受清教徒式教育之间的矛盾。这两部作品的出版使纪德自此成为读者心中敢于打破传统道德、直面偏见的真理捍卫者。

一九二五年
五十六岁

游历刚果、喀麦隆和乍得，在马克·阿莱格雷的陪同下目睹了大型特许公司对当地劳动人民的剥削和压迫，归国后创作了小说《伪币制造者》。

一九二六年
五十七岁

出版《伪币制造者》，这是纪德最后也是唯一一部长篇小说，且是一部结构复杂、极具实验性的"元小说"，在文学史上具有里程碑式意义。

一九二七年
五十八岁

在《新法兰西评论》上回顾了刚果之行，并出版《刚果之行》。十月，在《巴黎评论》上发表了《我们的赤道非洲的最大不幸》，谴责法国在赤道非洲的领土上施行的殖民政策、税收政策、强制性劳动政策等等，利用自己的影响力向当局敲响警钟，动员舆论，引发了法国社会以及全世界对非洲殖民地状况的探讨和关注。

一九二八年
五十九岁

出版旅行日记《乍得归来》，再度控诉了特许公司如何"压榨整个民族"（与莱昂·布卢姆的通信），并对非洲文化、当地风土人情进行观察和思考。

一九三四年
六十五岁

出版《纪德日记：一九二九年至一九三二年》。

一九三五年
六十六岁

出版《新粮》，再度歌颂"感性"的力量，赞美生命的能量和欲望的热忱。

一九三六年
六十七岁

受邀前往苏联进行访问，在高尔基的葬礼上发表演讲。
纪德曾一直向往苏联，但在两个多月的访苏之旅结束
后，他对苏联的想象产生变化，出版了《访苏归来》，
引发轩然大波。

一九三八年
六十九岁

玛德莱娜在屈韦维尔过世，纪德开始创作《遣悲怀》。

一九三九年
七十岁

成为史上首位名列伽利玛出版社七星文库的在世作家。
同年，出版《纪德日记：一八八九年至一九三九年》。

一九四一年
七十二岁

与《新法兰西评论》断绝关系。

一九四二年
七十三岁

离开法国，移居突尼斯，直至第二次世界大战之后才返回巴黎。

一九四七年
七十八岁

六月五日，获颁英国牛津大学名誉博士学位。十一月十三日，因其"以对真理无畏的热爱和敏锐的心理洞见，呈现了人类的种种问题与处境"被授予诺贝尔文学奖。

一九四八年
七十九岁

纪德与普鲁斯特、克洛岱尔、里尔克、保罗·瓦莱里、弗朗西斯·雅姆、马丁·杜加尔等人的大量通信陆续发表。

一九五〇年
八十一岁

出版《纪德日记：一九四二年至一九四九年》。十二月十三日，由让·梅耶尔执导的戏剧《梵蒂冈地窖》在法兰西喜剧院首演，法兰西第四共和国总统朱尔－樊尚·奥里奥尔出席观看。

一九五一年
八十二岁

二月十九日病逝于巴黎。葬于亡妻玛德莱娜墓旁。逝世后，《遣悲怀》据其指示完整出版。

一九五二年

天主教会谴责纪德作品亵渎圣洁教义，将他的书全部列为禁书，十四年后才解禁。

野 SPRING
更具体地生长

编　　辑 | 赵　晴　王一婷

营销总监 | 张　延
营销编辑 | 狄洋意　许芸茹　韩彤彤

版权联络 | rights@chihpub.com.cn
品牌合作 | zy@chihpub.com.cn

野 SPRING 望 MOUNTAIN

出品方　春山望野（北京）
文化传媒有限公司

Room 216, 2nd Floor, Building 1, Yard 31,
Guangqu Road, Chaoyang, Beijing, China